HARALD HURST

So isch's wore

HARALD
HURST

So isch's wore

GESCHICHTEN UND GEDICHTE

SILBERBURG

Harald Hurst:
Laut Passeintrag 1945 in Buchen geboren. Wenig beaufsichtigte, daher schöne Kindheit im proletarischen Milieu der Karlsruher Altstadt, wo nach dem badischen Grandseigneur Hubert Doerrschuck die »unheilige Schwesternschaft der Gefälligen« ihr Gewerbe betrieb. Mäßiger, dem Aufwand entsprechender Volksschulabschluss. Als Pubertierender zur See gefahren, von den Fernweh-Schnulzen eines Freddy Quinn inspiriert. Ernüchterung. Danach viele unqualifizierte Erwerbstätigkeiten, auch vergebliche Weiterbildungsversuche. Zeitweise durchaus angenehm den Überblick verloren. Schubartiger, später Bildungsdrang. 1968 wundersames Abitur als sogenannter Schulfremder am Karlsruher Helmholtz-Gymnasium, dem er sich seither verbunden fühlt. Studium der Romanistik und Anglistik für das Lehramt an Gymnasien. Referendarzeit. Zweites Staatsexamen. 1979 Trennung vom Arbeitgeber zur beiderseitigen Erleichterung. Er lebt seit 1980 das tägliche Wunder der freien Schriftstellerei. Polizeilich gemeldet und wahlbeheimatet im beschaulichen Ettlingen.

1. Auflage 2017

Schönbuchstraße 48, D-72074 Tübingen.

Umschlaggestaltung: Anette Wenzel, Tübingen.
Coverfoto und Foto auf S. 2: Foto-Fabry, Ettlingen.
Druck: CPI books, Leck.
Printed in Germany.

ISBN 978-3-8425-2041-7

Besuchen Sie uns im Internet
und entdecken Sie die Vielfalt unseres Verlagsprogramms:
www.silberburg.de

Inhaltsverzeichnis

Muttertagsblume

Ich hätt gern
en schöne Blumestrauß
für mei Frau
zum Muttertag
also schon was Besseres
es soll was vorstelle
mit e bissl Grün dezwische

des überlass ich Ihne
als Floristin wisse Sie besser
wie mer so was macht

was ich ausgebe will?
außer dene Blume
kriegt sie noch was
so bis – sage mer zwölf Euro
hab ich mir gedacht
es könne a fuffzehn sei

wisse Sie was?
stecke Se mol was z'amme
was Ihne persönlich g'fallt
Sie sage mir dabei
was des jetzt koscht
ich sag dann ai'fach
irgendwann halt!

Tatort

Ein übliches Wohnzimmer. Mit bequemer Couchgarnitur um den Fernseher. Abseits eine Lese-Ecke, rundes Tischchen, darauf Bücher. Eine moderne verstellbare Leselampe. Ein auf antik gemachter Sessel, Stil Louis-seize. Eine Schrankwand, daneben Durchreiche zur Küche.

Ein Ehepaar in sehr legerer Freizeitkleidung, beide um die Fünfzig. Er in der Lese-Ecke, sie mit vielen Kissen behaglich auf der Couch. Im Fernsehen läuft das Vorabendprogramm. Sehr leise. Aber man hört noch: »Zu Risiken und Nebenwirkungen fragen Sie Ihren Arzt oder Apotheker …«

Sei so gut, Renate, stell den Kaschte leiser! Oder int'ressiert dich des, ob die Frau nach dem Abführmittel widder g'scheit kacke kann?

Sie drückt mit der Fernbedienung den Ton weg. Ab jetzt sieht man nur noch am Licht, dass der Fernseher läuft.

Mol gucke, was heut für'n Tatort kommt. Wo isch denn des Heftle?

Im Bad. Uff de Waschmaschin. Nebe de Kloschüssel.

Dei G'werkschaftsblättle! »Reichtum besteuern! Wir sind dafür!« Der Georg Schramm hat unnerschriebe. Der Hannes Wader …

Ich waiß! Mich hat niemand g'frogt. Sonscht wär ich a debei!

Reklame von dei'm Weinlade: »Chablis-Verkostung mit Austern«.

Kann'sch fortschmeiße! Des isch rum!

Die Apotheken-Umschau! Des Rentner-Bravo! »Demenz – Kann man vorbeugen?« Und? Was schreibe die? Hasch's g'lese?

Kann sei! Ich waiß es nimme!

Geht das bei dir jetzt schon los, oder was?

Über so was macht mer kaine Witz! Fraue könne des genauso kriege!

Des Programmheftle isch jedenfalls net debei!

Guck halt mol richtig! Drunner irgendwo!

Ich hab's! – Der neue Tatort kommt! Do guck'sch aber mit!

Ich waiß net. Später vielleicht.

Wenn der Film a'gfange hat, komm'sch widder nimme mit! Un ich muss dir ständig erkläre, was passiert. »Wer isch des?« – »Ach so, des war eine Rückblende?« Oder: »Was? Des hat die nur geträumt?«

Jetzt übertreib doch net!

Du, der Til Schweiger als Kommissar Tschiller! Zum erschte Mol! Die Folge spielt in Hamburg. Du mag'sch doch die Stadt so.

Ja. Aber ohne den Schweiger! Bei dem kann'sch doch die Handlung vergesse. Schusswechsel statt Dialog! Also den Film kapier ich a noch, wenn ich fünf Minute vor Schluss mitguck!

Schwätz doch net! Des hängt von der Story ab. Vom Drehbuch.

Umgekehrt! Die schreibe des Drehbuch extra für den Schweiger. Dass die Einschaltquote stimmt! Tschiller-Thriller, versteh'sch? So lauft des!

Will'sch mir jetzt en Vortrag halte? Kultur in den Medien oder so?

Des net! Aber des Niveau sinkt! Auch beim Tatort. Wer des net merkt, isch blöd!

Ach so? Bin ich jetzt blöd, wenn ich Tatort gucke will?

Des hab ich net g'sagt! Nur mit dem Bildungsauftrag isch's nimme weit her. Sogar im öffentlich-rechtlichen Fernsehe.

Stell dir vor, es gibt Leut, die wolle sich beim Fernsehe net weiterbilde, sondern unnerhalte lasse!

Ja! Mit Kochsendunge zum Beispiel! Wo stundelang Sendezeit verbrutzelt wird. Ich waiß, du guck'sch so was gern!

Du, die rede was beim Koche. Tausche Erfahrunge aus. Gebe Tipps. Des sin alles Sternenköche!

Ja und? Früher war Koch ein normaler Lehrberuf. Ein Koch g'hört in sei Küch, aber net ins Fernsehe! Der kann von mir aus mol ins Lokal komme. Sich erkundige, ob's de Gäscht g'schmeckt hat. Aber des war's!

Aber in dene Sendunge lernt mer immer was dazu. Lernt neue Rezepte kenne.

Also an unserer Esserei merk ich des net!

Esserei? Wie des schon klingt! Koch ich vielleicht net gut?

Doch, Renate! Aber net grad innovativ! Ich bin zufriede. Ich mag doch die traditionelle deutsche Küche. Gutbürgerlich. Wenn alles schmeckt wie früher.

Aber e bissl Abwechslung kann doch nix schade!

Hör zu, unsere Speisenfolge wiederholt sich so alle zehn Tag, oder?

Mach'sch du dir Notize, Armin?

Des schmeck ich! Ich freu mich jedes Mol, wenn's mit Flaischküchle un Kartoffelsalat widder von vorne losgeht.

Auch so was Einfaches lasst sich mit Tipps von dene Kochprofis verfeinere.

Brauch ich net! Jede Abweichung vom überlieferte Rezept stört mich!

Dann hat Koche also für dich nichts Kreatives?

Doch, des will ich net sage. Solang ich's beim Esse net schmeck!

Wozu mach ich mir dann die Müh, ab und zu was Neues auszuprobiere?

Des sollt'sch vielleicht bleibe lasse! Wenn ich an neulich denk. Kann'sch du mir sage, was Ingwer am Krumbieresalat verlore hat?

Mein Gott, Armin! Der Versuch war's wert. Jetzt wisse mer wenigschtens ...

Ja, dass des scheiße schmeckt!

Komm, so schlimm war des net! Des Messerspitzle Ingwer.

Nach'm erschte Biss bin ich mit vollem Mund zur Kloschüssel g'rennt!

Ich hab's gut g'maint. Ingwer sei g'sund, hat der Schubeck g'sagt.

Klar sagt der des. Des Schlitzohr hat in München en G'würzlade! Mit bundesweitem Vertrieb!

Deshalb kann Ingwer trotzdem gut sei für de Mage. Für die Verdauung.

Aber net, wenn ich den Krumbieresalat vor'm Schlucke rausspuck! Aber gut, dann hab ich sowieso nix zum Verdaue!

Ach, Armin, bei dir kann mer wirklich sage: »Was de Bauer net kennt, frisst er net.« Für dich koche macht richtig Freud! Komm, les! Aber später zum Tatort sitz'sch zu mir rüber, gell?

Sie klopft für ihn einen Kissenplatz neben sich zurecht. Er liest etwas zerstreut, blättert rum. Sie schaut fern, gähnt, blättert in Zeitschriften. Eine halbe Minute. Dann sie ...

Übrigens, Armin. – Hör'sch zu?

Moment. Ich les grad den Satz fertig. – Was?

Neumanns ware kürzlich im »Prinz Carl« zum Esse. Ganz nobel! Sie ware ei'glade.

Denk ich mir. Normal gehe die doch nur mit so'me Gutschein-Heftle für verschiedene Lokale esse. Werbung. Die zwaite Person gratis.

Es hätt Kalbsrouladen an Edelbitter-Schokoladensoße mit Chili g'ebe. Dazu Wildreis mit essbare Blüte dekoriert.

Pfui Teufel! Blume fresse Küh uff de Wies aus Versehe!

Die Doris hat g'sagt, des hätt sogar ihrem Siggi g'schmeckt. Sensationell!

Fürz! Aber wenn die ei'glade sin, schmeckt dene alles. – Was isch?

Des Rezept wollt ich am kommende Sonntag mol ausprobiere. Die Soß jedenfalls. Die Blüte könnt ich jo weglasse.

Gut, dass ich des vorher waiß! Dann geh ich in d'Wirtschaft. Im »Goldene Kreuz« gibt's sonntags Saure Nierle mit Bratkartoffel.

Was ha'sch vor?

Ich hol mir e Bier aus'm Kühlschrank.

Könnt'sch du mir die a'gebrochene Flasch Prosecco mitbringe?

Wo steht die?

Im Türfach! Nebe der Flasch Aperol! Die kann'sch a glei mitbringe!

Sonscht noch was?

Ja. Eiswürfel vom G'frierfach! Un halt! Noch en Orangeschnitz! Die Orange sin in dem Netz nebe de Spüle! Aber die Schal vorher wasche! Des wär super! Ach so, noch e Kelchglas! Obe rechts!

Herrgottnochmol! Jetzt hätt ich mich beinah g'schnitte!

Er schimpft in der Küche rum. Dann stellt er die Sachen hart in die Durchreiche. Will mit der Bierflasche in seine Lese-Ecke.

Ja was isch? Also jetzt kann'sch mir des bitte a noch herstelle. Bitte!

Er stellt ihr alles brummig auf den Couchtisch. Sie schenkt sich Prosecco und Aperol ein. Er wirft einen Orangenschnitz ins Glas. Es spritzt.

Zum Wohl! Trinke kann'sch hoffentlich selber? – Was guck'sch denn grad?

Ich seh's net! Weil du vor'm Bildschirm steh'sch!

Ach Gott! »Die Fallers«! Bringe se die Schwarzwald-Soap immer noch?

Ja. Aber des isch eine DVD von der Sonja.

Aha! Kulturaustausch? Hat se von dir eine DVD von der »Mäulesmühle«?

Jetzt lass mich doch! Ich seh die Fallers gern. Schon wege der schöne Landschaft.

Des versteh ich halbwegs. Aber die Leut könnte se aigentlich weglasse. Nur Natur! Ein Hirsch am Waldrand. Hase bei der Paarung. Wunderbar!

Quatsch! Die Handlung g'hört dazu! Des sin ganz alltägliche G'schichte von einer Bauernfamilie in dem Schwarzwalddorf!

Nur dass es des Dorf garnet gibt! Des steht im Container-Studio in Baden-Baden! Und von dene Fernsehbauere kann kainer e Kuh melke!

Oh, Armin! Des isch doch mir jetzt egal! Du wollt'sch doch lese! Bis der Tatort kommt, isch noch Zeit. Also. Sitz in dei Eck un gib Ruh!

Er trollt sich misslaunig in seine Ecke. Versucht zu lesen. Kann sich nicht konzentrieren. Man merkt, dass es in ihm rumort. Er zieht Zigaretten aus der Tasche. Will sich eine anzünden. Ihr entgeht das nicht.

Bitte, raus uff de Balkon! Was habe mer ausg'macht?

Ja, ja. S'isch jo gut! Netmol des derf mer noch! Ich zünd sie doch net a! Kalt rauche wird mer doch noch dürfe!

Von mir aus. Wenn du des brauch'sch?

Er gestikuliert mit der kalten Zigarette.

Herrgott, diese Fernsehglotzerei geht mir uff de Sack! Mir lebe doch garnimme live, Renate!

Jesses, was isch denn heut mit dir los? Kann'sch dich selber net leide? Oder was isch?

Ich waiß net! Der ganze Schrott, den mir uns am Fernseher nei'ziehe! Des isch doch im Grund verschwendete Lebenszeit!

Un des treibt dich jetzt um? Aber stundelang Fußball gucke mit Verlängerung bis zum Elfmeterschieße, des isch sinnvoll verbrachte Lebenszeit?

Darum geht's mir jetzt net! Des kann mer außerdem net vergleiche!

Wieso net? Bitte erklär mir des! Wo isch der Unnerschied?

Pass uff! Fußball passiert in dem Moment, wo mer guckt. Live! Bis zum Schlusspfiff waiß niemand, wie's ausgeht. Es gibt keine Inszenierung! Halt wie im richtige Lebe!

Und? Isch des nachher für dei Lebe wichtig, wie's ausg'ange isch?

Ja. Des haißt nimme so arg. Aber genau deshalb will ich des vorher net wisse! Dann isch die Live-Spannung weg!

Also ich kann der Rumrennerei hinner so'me Ball nix abg'winne!

Renate, Frage: Was versteht man unter einem »Abseits«?

Hab ich mol g'wüsst. Aber aus'm Stand könnt ich des jetzt net sage.

Des wollt ich wisse! Dann kann ich dir die Faszination vom Fußball net erkläre. Zu kompliziert!

Macht nix. Du wollt'sch doch sowieso lese!

Taktik, Technik, schnelles Umschaltspiel, Pressing, versteh'sch?

Ja, les du! Bis der Tatort losgeht. Lass mich Fernseh gucke!

So e schönes Fußballspiel isch mir jedenfalls lieber als der Mischt im reguläre Programm!
Lieber Gott, bei achtzig Kanäl wird doch auch für dich was debei sei! Außerdem zwingt dich niemand, was zu gucke! Du kann'sch doch jederzeit ausschalte!
Ich zahl meine Gebühre aber net fürs Ausschalte-könne, sondern fürs Gucke-wolle!

Er steckt die Zigarette an. Sie sieht es. Hüstelt, wedelt vor dem Gesicht.
Was? Du rauch'sch im Zimmer? Raus uff de Balkon! Aber sofort!

Er erschrickt. Schaut ungläubig auf die Glut seiner Zigarette.
Jesses ja! Tatsächlich! Schon gut. Ich geh raus. Also so was!

Er verschwindet auf dem Balkon. Sie zappt schnell durch die Programme. Sein Kopf erscheint in der Balkontür. Er inhaliert genüsslich, bläst den Rauch nach hinten ins Freie.
Ach guck! Sie zappt! Achtzig Sender. Nix für dich dabei? Vielleicht so eine blöde Quizsendung? »Wer wird Millionär?« Wen int'ressiert denn des?
Des kommt im Abendprogramm. Aber den Kandidat int'ressiert des schon!
Kenn'sch du den vielleicht persönlich?
Natürlich net! Aber ...
Dann kann dir des doch wurscht sei, ob der Millionär wird oder net! Ein wildfremder Mensch!
Wenn der sympathisch ist, fiebert mer halt mit.
Mir ein Rätsel, wie mer zugucke kann, wie annere schnell reich were!

Du bi'sch nur neidisch, wenn du die Antworte bis zum Finale selber g'wüsst hätt'sch!

Ich? Wozu sollt ich Millionär sei wolle? Geht's uns schlecht, Renate? Mehr als gut esse, trinke, in Urlaub fahre könne mer net!

Mach die Tür zu! Komm rei oder bleib drauße! Es wird frisch!

Ja, glei. Zapp ruhig weiter. Irgendwo wird doch so e depperte Talkshow komme! Immer die gleiche Visage! Der Moderator hebt e Büchle in die Kamera. Des hätte der Sowieso grad g'schriebe. Müsst mer unbedingt lese!

Es gibt auch gute Gesprächsrunde. Des »Nachtcafé« mit dem Backes hab ich immer gern g'seh. Schad, dass der's nimme macht.

Mir fehlt er net! Der kann von mir aus jetzt Golf spiele. Oder mit seine Enkel. Der hat genug verdient!

Aber als Moderator hat der was Feines g'habt! Was Einfühlsames. Der hat seine Gäscht geduldig zug'hört. Die Leut ausrede lasse.

Wenn ich dem sei Gehalt hätt, dädich dich a ausschwätze lasse! Sogar anteilnehmend gucke!

Du, des ging oft um bewegende Schicksale! Do hat mol e Frau verzählt, wie sie nach dreißig Jahren Ehe ...

Ich will's garnet wisse! – Verzeihung! Der Backes hätt dich jetzt vermutlich net unnerbroche. Aber e Schicksal hat jeder. Mir langt mein's!

Ach Gott, du Armer! So schlimm? Komm rei ins Warme! Setz dich zu mir. Oder les halt in Gott's Name noch e bissl.

Er kommt ins Zimmer. Fröstelt. Sie richtet ihm einen Kissenplatz auf der Couch. Neben sich. Will offensichtlich kuscheln. Er geht mit der Bierflasche im Zimmer umher.

Ich waiß net, des Bier schmeckt mir heut net. Zu warm.

Stell die Flasch ins Tiefkühlfach. Darf'sch se nur net dort vergesse! Sonscht kann'sch des Bier schlotze.

Ich glaub, ich schütt's weg.

Ich hab mich sowieso g'wundert. Zum Tatort sonntags trink'sch du doch immer dein Rotwein!

Aber heut isch net immer! Außerdem les ich!

Also ich hab dich noch net groß lese g'seh.

Er winkt schroff ab. Geht in die Küche. Kommt mit einer Rotweinflasche zurück. Er liest das Etikett.

So, den probier ich jetzt mol! »Mit den besten Empfehlungen, Ihr Autohaus mit Herz«.

Er müht sich mit dem Öffnen der Flasche ab. Dabei redet er angestrengt und gepresst mit ihr.

Sag mol, des Serienfilmle mit dem Aff – mit dem Aff in der Hauptrolle, kommt des immer noch?

Ach, du main'sch »Unser Charly«? Kommt schon lang nimme.

Isch dene der Aff wegg'storbe? Eine Erlösung für die dressierte Kreatur! Schlimm! – Herrgott, der Korkezieher! Kein Millimeter!

Der Film war doch ganz luschtig!

Aber net – net für den Aff! – Des gibt's doch net!

Tiere sin verspielt. Die muss mer net zwinge. Die mache so was gern.

So? Hat er dir des g'sagt? – Au! Abg'rutscht! Ich schmeiß die Flasch glei an d'Wand!

Könnt des en Schraubverschluss sei, Armin?

Was? – Tatsächlich! Also dass die ihre Kunde so was schenke!

Er schenkt sich ein Glas ein. Probiert erst genießerisch mit geschlossenen Augen. Reißt dann die Augen auf und verzieht das Gesicht.

Und? Wie isch er?

Des beschte isch, Kork hat er net. Aber sonscht? Zur Kundenbindung nicht geeignet.

Dann wechsel halt die Werkstatt! Jetzt lass mich Fernseh gucke!

Nochmol zu dem Affefilm. Die Vermenschlichung von Tieren zur Volksbeluschtigung geht mir gege de Strich! Umgekehrt isch mir des wurscht!

Wie – umgekehrt?

Von mir aus könne sich in dem »Dschungelcamp« Mensche zum Aff mache! Des geht leichter. Ohne Dressur. Jeder Primat hat mehr Würde!

Du, des sin oft arme Deufel, die des Geld brauche! Ex-Stars in Privatinsolvenz.

Dann solle se zum Amt geh! Hartz IV! Beim Aldi Regale ei'räume!

Manchmol sin des junge Leut. Die sehe des als Sprungbrett für die Karriere.

Ohne Talent kann'sch pfundweis Würmer fresse!

Gut, es gibt schon tragische Figure im Camp. Der Wendler hat's dort net lang ausg'halte.

Wendler? Kenn ich net. Wer soll des sei?

Ach, so'n karrieregeiler Schlagerfuzzi.

Du kenn'sch dich aber gut aus! Sag bloß, du guck'sch den Dreck?

Um Gottswille! Aus Versehe hab ich mol nei'geguckt.

Komisch. Sendunge, die niemand g'sehe habe will, habe gigantische Einschaltquote! Kapier ich net!

Armin, bitte! Was lauf'sch denn mit dem Glas Wein im Wohnzimmer rum? Des macht mich nervös! – Was isch denn heut mit dir los?

Nix! Was soll los sei? Nix, wie immer!
Was soll denn des jetzt haiße?
Komm, vergess' es!

Er füllt sich im Stehen noch ein Glas ein. Trinkt es in einem Zug. Er greift nach den Zigaretten. Als er ihren Blick sieht, steckt er die Zigarette zurück, schmeißt das Päckchen auf den Lesetisch.

Sag mol, Armin! Wie bi'sch denn du heut druff? War was im Betrieb? Des könnt'sch mir doch sage! Ärger g'habt?
Nur de ganz normale Wahnsinn!
Sitz her zu mir, komm!

Er stützt sich mit den Ellenbogen auf das Brett der Durchreiche. Redet in die Küche. Murmelt, sie nachmachend.

Ja, sitz her zu mir. – Sitz her zu mir ...

Er dreht sich abrupt um. Sie zuckt zusammen. Er stellt sich zwischen Fernseher und Couch. Brüllt fast, gestikuliert.

Herrgott, jeden Sonntag lauft des so ab! Rotwein, Knabberzeug, Tatort, ins Bett falle! Widder e Woch rum!
Jesses, Armin! Was ...?
So isch's doch! Ich hab die Glotzerei satt! Diese abendfüllende Verblödung! Dieses Secondhand-Lebe!
Um Himmelswille, Armin! Krieg dich widder ei! Burnout oder was?

Sie geht in die Küche. Kommt mit einem Glas Wasser, in das sie aus einem Fläschchen Tropfen schüttet.

Da. Trink des. Altes Hausmittel. Baldrian. Des beruhigt.
Des brauch ich net! Gib her!

Er kippt das Glas an eine Zimmerpflanze. Wird aber ruhiger.
Diese Liebesschnulze aus der High Society! – Villa mit Seeblick. Bootssteg. Landsitz mit Gestüt. Jede Menge Personal. Köchin, Gärtner. Womöglich ein Butler. Ein Reitlehrer in Vertrauensstellung, der aber mit dem Töchterle was hat. Stallbursche. – Was mach'sch?

Ich trink mein Aperol un hör dir zu.

Wo war ich grad?

Bei Stallbursche.

Genau! Was habe solche Filmle mit unserm Lebe zu schaffe? Des isch doch net unser Welt!

Also ich will mir unser Lebe net a noch im Fernsehe a'gucke müsse!

Was soll des haiße? Kann'sch du dich vielleicht beklage, Renate?

Des net! Nur als Spielfilm wär's a bissl langatmig.

Aber was so adelige Schmarotzer oder Millionäre treibe, des int'ressiert dich? – Morgens ein Ausritt über die Ländereien. Im Mercedes Cabrio zum Golfplatz. Danach eine Runde schwimme im Pool. Dass mer für die Charity-Party obends widder fit isch?

Schlecht wär so ein Lebe net. Könnt ich mir vorstelle, doch.

Mit Wattebäuschle zwische de Zehe am Poolrand Fußnägel lackiere. Wär's des?

Au, guck! Des sollt ich mol widder mache. Der Lack blättert schon ab! Gut, dass du des sag'sch! Des sieht net schön aus!

Wenn du des mach'sch, Rena, schneid ich mir d'Fußnägel!

Unnersteh dich! Aber net im Wohnzimmer!

Sieh'sch du in dene Filme, dass mol jemand was schafft?

Darum geht's doch in dene G'schichte net! Des wird nur angedeutet. Die verdiene ihr Geld mit Telefoniere oder so.

Wie ich, gell? – Hör zu, als alter Gewerkschaftler im Betriebsrat g'hört für mich die Arbeitswelt zum Lebe! Ich will wisse, wo die Kohle herkommt!

Es gibt Dokumentarfilme über die Arbeitswelt. Dann guck so was! Aber Spielfilme lebe von Gefühlen, Liebe, Leidenschaft, Intrigen!

Hör doch uff! Nach fünf Minute waiß mer, wie's ausgeht! Des isch doch immer des gleiche Happy End!

Er steht auf. Geht in die Zimmermitte. Er parodiert.

Schluss-Szene! Langer Kuss in Großaufnahme. Dazu Hintergrundmusik wie Nutella streichzart. Von dem Schmalzgeiger, dem Rieu.

Ich mag des, wenn was gut ausgeht. Mit Happy End. Deshalb steht im Programmheft »Liebesromanze« – un net Drama!

Er geht nicht auf sie ein. Spielt Liebespaar. Er umarmt sich selbst. Seine Hände berühren sich fast auf seinem Rücken. Er streichelt sich, krault sich am Nacken. Sie lacht.

Des ha'sch früher besser könne. Vor deiner Schulteroperation. Rechts komm'sch nimme richtig rum, gell?

Er spielt unbeirrt weiter. Wenn der Mann spricht, blickt er nach unten. Bei der Frau nach oben.

Sobald er nach dem zärtliche Zungekuss widder Luft kriegt, Heiratsantrag! Der fehlt noch! Er: »Ich liebe dich, Olivia. Willst du meine Frau werden?«

Mach Schluss, Armin! Mir sin doch net im Theater!

Sie haucht zu ihm hoch: »Ja, Guido, ja. Von ganzem Herzen.« So ein Schmäh!

Ende der Parodie.

Dann greif'sch du zum Päckle Tempo! Des liegt schon vorher parat.

Mein Gott, ich steh halt zu meinem Gefühl! Männer habe damit Probleme.

Ich net! Ich kann Gefühle rauslasse. Ich kann sogar sentimental sei!

Ja, ich waiß. Nach e paar Viertel Wein. Furchtbar!

Aber von so'me Kitschfilm lass ich mir net an de Tränedrüse rumdrücke!

Komm, bei »Herzen im Sturm« neulich hab ich zu dir rüberg'schielt. Viel g'fehlt hat net. Deine Mundwinkel habe gezuckt. Dann bi'sch uff's Klo.

Ich hab pinkle müsse! Aber mir war's wirklich zum Heule!

Also doch! Schön, dass du des zugib'sch.

Aber net vor Rührung! Sondern vor Zorn! Weil ich widder neunzig Minute meiner Lebenszeit mit so'me Scheißdreck verplempert hab! Dir zuliebe, Renate!

Danke, Armin! Ha'sch dich geopfert?

Aber in Zukunft mach ich des nimme! Wenn ich im Vorspann widder Rosamunde Pilcher les. Oder Ute Sanella ...

Danella haißt die Frau! Utta Danella!

Von mir aus! Dann les ich lieber e g'scheits Buch!

Übrigens, was les'sch denn grad?

Ich hab mich noch net entschiede. Ich komm jo net dazu!

Der Tatort kommt heut sowieso später. Sie bringe nach der Tagesschau ein »Spezial« zur Flüchtlingskrise. Int'ressiert dich des net?

Des steht morge in de Zeitung. Wenn mer sowieso nix mache kann, erfahrt mer alles früh genug.

Sie kramt in einer Schublade im Wandschrank. Holt eine angebrochene Tüte Erdnüsse raus, die sie in eine Schale kippt. Sie probiert.

Die Erdnüss sin alt. Die schmecke ranzig. Probier mol!

Ich will jetzt net. Schmeiß se halt fort!

Des Gückle isch a'gebroche. Wie kommt des überhaupt in die Schublad zum Knabberzeug? Also, ich hab die Erdnüss net gekauft! Des wüsst ich!

Ja, des war ich! Aber erinner mich net an die G'schicht! Ein Alptraum! Schwamm drüber!

Nix! Des will ich jetzt wisse! Wer gegackert hat, muss a lege!

Er setzt sich auf die Couch ans andere Ende.

Also des war so. Mir ware doch mol bei Neumanns zum Esse ei'glade. Erinner'sch dich?

Klar, noch net lang her. Grünkühl mit Pinkel. Norddeutsche Spezialität. Hat aber gut g'schmeckt.

Des ess ich nie mehr! Am näschte Tag war die Verabschiedung vom Endres Erich. Nach vierzig Jahr im Betrieb. Umtrunk in de Kantin. Die Kollege vom Betriebsrat.

Was hat des mit dene Erdnüss zu schaffe?

Ich will's doch grad erkläre! Aber wenn du mich unnerbrech'sch ...

Entschuldigung. Ich höre!

Also ich bin damals vorsorglich mit der Stadtbahn g'fahre. Am Hauptbahnhof steig ich um. Ich spür schon ein Rumore im Bauch. Durchfall! Aber wie! Des langt nimme! Der verfluchte Grünkohl!

Und? Was weiter?

Ich hetz durch die Bahnhofshall. Kalter Schwaiß. Richtig renne hab ich garnimme könne. Guck, nur noch so! Wie manche Fraue!

Er steht auf, macht es vor. Knie geschlossen, Waden seitlich raus.

So renn ich aber net!

Ich spür schon, der Schließmuskel klemmt den drecks Grünkohl nimme lang ab! Es kommt schon e bissl. Glei haut's alles raus!

Jetzt dapp's net aus! Ich kann's mir vorstelle!

Ich zur Bahnhofstoilett. Drehkreuz. 50-Cent-Münz. Hab ich net! Ich wollt schon über die Absperrung flanke. In dem Moment: Bahnhofspolizei. Ausweiskontrolle! Hab scheint's verdächtig ausg'seh.

Hätt'sch dene deine Notlage net erkläre könne?

Ach was! Mir war in dem Moment alles egal. Zaig deine Papiere, mach ein freundliches G'sicht un scheiß halt in d'Hos, hab ich mir g'sagt. So weit war ich!

Ach Gott, des schlagt doch durch! Also ins G'schäft hätt'sch nimme könne!

Natürlich net! Aber uff'm schnellschte Weg haim. Mit'm Taxi!

Der Fahrer hätt sich g'freut!

Des hätt der net merke müsse. Fenschter runner, dass der Fahrtwind die Luft verwirbelt. Sich vom Sitz hochstemme, dass mer net voll druffhockt. Die paar Kilometer wär des g'ange.

Du ha'sch vielleicht Nerve! – Aber die Erdnüss, Armin!

Jetzt wart doch! Des kommt noch! Durch die Kontroll war ich en Augenblick abg'lenkt. Aber dann kommt's widder. Ich stürm in den Lade mit Reiseproviant. Schnapp die Tüt Erdnüss vom Regal.

Ha'sch geglaubt, die stopfe?

Schwätz doch net! Des hätte Gummibärle oder Tampons sei könne! Hauptsach Wechselgeld für des blöde Drehkreuz!

So was nennt mer einen Panikkauf.

Wenn mir die Frau uff mein Zwanzig-Euro-Schein nur eine 50-Cent-Münz rausg'ebe hätt – die Erdnüss hätt se b'halte könne – ich hätt danke gebrüllt un wär weg g'wese!

Ich kann's mir denke. Durchfall isch was Schlimmes.

So, jetzt wai'sch, wie die Erdnüss in unsern Schrank komme!

Jetzt kann'sch a noch fertig verzähle. Hat's denn noch g'langt?

Wie mer's nemmt.

Wie soll ich des versteh?

In der Klokabin war ein Schild: »Bitte verlassen Sie diesen Ort, wie Sie ihn anzutreffen wünschen« – also ich wollt net nach mir komme sei!

So schlimm? Hat dei Hos was ab'kriegt?

Wie durch ein Wunder net. Aber die Unnerhos hab ich entsorge müsse.

Ja wie? Grad in d'Eck g'schmisse?

Des net. Schon wege dene Putzfraue. Des sin oft Ausländerinne, die für uns de Dreck wegmache. Für einen Hungerlohn. Dene wollt ich den Job net noch schwerer mache.

Sag bloß, du ha'sch die Unnerhos ...

Ja. Runnerg'spült! Was hätt ich mache solle? Der Klaiderhake an de Tür war abg'risse. Ich hab mir die Anzughos um de Hals g'hängt. Ich lass die Unnerhos ganz vorsichtig runner, dass nix an d'Schuh kommt. – Du lach'sch?

Ich stell mir des grad vor!

Du, die Unnerhos war randvoll! Die isch im Zwickel so richtig schwer durchg'hängt!

Pfui Deufel! So genau will ich's net wisse!

Jetzt hat die beim Spüle den Abfluss verstopft!

Des hätt'sch dir doch denke könne, oder?

Du, in so'me Moment denk'sch du nix! Panik! Die ganze braune Brockebrüh lauft über de Schüsselrand!

Igitt, igitt!

Des hört nimme uff! Überschwemmung! Ich die Aktetasch vom Bode hoch. Nur raus!

Was? Unnerum nix? Nackich im Sakko? Die Hos noch um de Hals?

Zum Glück war niemand im Vorraum! Nur in der Nachbarkabin. Wenn ich dra denk! Heut muss ich jo lache.

Wieso?

Wie ich in mei Hos schlupf, seh ich durch den Türabstand vom Bode, wie ainer d'Füß hochzieht. »Herrgott, was isch'n des? So eine Granatensauerei!« hör ich'n noch brülle. Frog net, wie schnell ich drauße war!

Ja, und dann bi'sch so zur feierliche Verabschiedung vom Endres? Ohne Unnerhos?

So feierlich war des net. Die wollte den doch schon lang loskriege. Wie der des Mobbing überhaupt durchg'halte hat.

Sag mol, wieso verzähl'sch du mir die Durchfall-G'schicht erscht jetzt? Über so was schwätzt mer doch obends mit seiner Frau!

Wai'sch noch, wie ich damals haimkomme bin?

Oh ja! Du ha'sch nur noch halbe Sätz zu End gepfiffe.

Also! Was hätt ich groß verzähle solle? Un am nächschte Morge bi'sch du mit dei'm Weiberclub, deine Mädels, zum Wanderurlaub ins Allgäu g'fahre.

Des war schön. So locker un ganz entspannt ohne Männer. Aber manchmol ...

Sie kommt zu ihm. Schmusig. Will ihn verführen. Er sträubt sich.

Jetzt net, Renate. So was geht net uff Kommando. Du wollt'sch doch Tatort gucke.

Aber vorher. Ich wüsst was, wie wir uns die Zeit verkürze könnte. Wann habe mir zum letschte Mol ...?

Ich waiß. Aber der Stress momentan im Betrieb. Die Fusion mit der Tochterfirma in Colmar. Ich hab ai'fach de Kopf net frei.

Für des, was ich main, bräucht'sch du de Kopf net. Im Gegetail.

Lass, Renate! Ich kämpf im Augeblick um jeden Arbeitsplatz. Jemand kündige zu müsse, tut verdammt weh!

Wer kämpft denn um mich? Bin ich als Frau für dich nimme begehrenswert?

Doch, Rena! Wie komm'sch denn uff so was? Des hat doch mit dir nichts zu schaffe! Des isch doch nur, bis in Colmar alles rund lauft.

Ach, Armin! Ich kann's nimme höre!

Sie zieht sich frustriert zu ihrem Couchplatz zurück. Wischt sich ein paar Tränen aus den Augen. Er liest, sie sieht fern. Eine Minute lang ist jeder für sich.

Was guck'sch grad?

Ich denk, du will'sch lese.

Ja, aber des isch doch das Schöne an so einer vertrauten Zweisamkeit. Jeder macht was für sich. Aber mer kann sich immer austausche. Was der andere macht. Bleibt in Kontakt.

Es kommt ein Film in der Landesschau Baden-Württemberg. Über die »Hohlwege im Kraichgau«.

Hochspannung pur!

Als Mitglied im »Bürger- und Heimatverein« sollt dich des int'ressiere!

Horch, ich zahl mein Beitrag. Beim Sommerfescht zapf ich Bier am Stand. An der Idee zu einem Heimatmuseum war ich maßgeblich beteiligt!

Ja, vor zehn Jahr! Des Museum gibt's immer noch net!

Weil's am Geld fehlt! Aber eine Karteileiche bin ich net!

Er liest. Sie sieht fern. Zehn Sekunden.

Du, Armin!

Was isch denn schon widder?

Weil du des grad sag'sch mit der Karteileich. Am Mittwoch isch die Trauerfeier für de Walter. Um 14 Uhr. Denk'sch dra?

Ja. Ich hab mir im G'schäft freig'nomme. Falls mer noch z'ammehockt. Des wär in sei'm Sinn g'wese.

Der Walter! Ich kann's immer noch net fasse. So plötzlich?

Ich sag dir doch! Der lasst beim Boule die Kugel falle. Aus!

Er hat sich so uff sei'n Ruhestand g'freut!

Vorfreud isch die schönschte Freud, sagt mer.

Sei net zynisch, Armin!

Wieso? Die Vorfreud hat er bis zum letschte Schnaufer g'habt. Wer waiß, ob's mit seiner Annegret nachher so schön g'wese wär.

Es gibt übrigens eine Urnenbeisetzung. Schlicht, ohne Pfarrer. Des hätt er so g'wollt.

Wer sagt denn des? Wer will des wisse?

Die Annegret. Er hätt in letschter Zeit öfter so Zeug g'schwätzt. Es käm ihr beinah so vor, als hätt er was geahnt.

Quatsch! Dann hätt er sein Weinkeller vorher leergetrunke, statt die Flasche zu horte! Für besondere Anlässe, die nie komme sin. Jetzt wär so ein Anlass. Un was isch? Er isch nimme debei!

Sei mol still! Die bringe grad was über eine Vogelart, die bei uns heimisch wird. Durch den Klimawandel.

Ja, der Bienenfresser. Hab ich in de Zeitung g'lese.

Der baut sich Wohnhöhle in die Lehmwänd von dene Hohlwege. Guck mol, des mu'sch sehe!

Der Walter hat en g'stampfte Lehmbode im Keller. Ideal für Wein. Dort lagere Schätze!

Jesses, Armin! Der Walter isch noch net unnerm Bode und du ...

Ich main jo nur. Was denk'sch, was die Annegret mit dem Nachlass macht?

Die hat im Moment wirklich annere Sorge!

Schon klar. Aber irgendwann muss die an den Weinkeller. Die trinkt doch selber nix!

Lieber Gott, den kriege halt die Kinner! Der Michel und die Sarah. Die kümmere sich jetzt rührend um ihr Mutter.

Des sin doch Körnerfresser! Alles bio, versteh'sch? Gesundheitsfreaks! Ich glaub sogar Veganer! Baide so Hungerhake! Die sin imstand un mache Schorle aus so'me alte Chateaux Pétrus! – Ich derf net dra denke!

Des treibt dich jetzt um? Armin, du ha'sch en gute Freund verlore!

Grad deshalb! Wenn der Zeit für ein Testament g'habt hätt, dann hätt er den Wein Leut vermacht, die den zu schätze wisse!

Main'sch jetzt womöglich dir?

Net direkt. Aber uns!

Wieso denn uns? Familie kommt zuerscht! Blut isch dicker als Wasser. So sagt mer doch?

Es geht net um Wasser! Außerdem main ich mit uns net dich un mich. Sondern seine Mannschaftskollege von der »Ruhigen Kugel«!

Was? Euerm Bouleclüble?

Clüble? Seit einem Jahr eingetragener Verein! Der Sport, des harte Training, hat uns z'ammeg'schwaißt. Auch menschlich.

Menschlich ja. Aber Sport? Also ich waiß net. Wenn's getröpfelt hat, seid ihr im »Braustüble« g'hockt.

Weil der Sandplatz trocke sei muss! Aber ich waiß, für dich war Boule immer so eine Art Seniorenfreizeit an der frischen Luft!

Des isch doch in Ordnung. Ich hab euch doch mol zugeguckt. Als Kiebitz.

Ja. Deine Bemerkunge, dei süffisantes G'sicht hat mir damals g'langt!

Entschuldigung, nach Sport hat des für mich net ausg'seh. Alle dappe uff dem Plätzle rum. Schwätze, rauche. Dann ziehe se noch am Schnürle mit Magnet ihre Kugle hoch. Dass mer sich jo net bücke muss!

Beim Boule isch Bücke Nebesach. Es geht um Konzentration und Augenmaß!

Wenn des so leicht wär, hätte mer net den Pamina-Turnierpokal gege die Lauterburger g'wonne! – Dort steht er im Regal!

Den könnt'sch mol in dein Hobbykeller schaffe! So schön isch der net!

Der bleibt! Die Amphore isch versilbert. Des isch eine wertvolle Trophäe!

Die ich mir jeden Tag a'gucke muss! Wenn des wenigschtens ein Wanderpokal wär!

Des isch für mich auch eine Erinnerung an den Walter. Ohne ihn hätte mir die Wagges nie schlage könne! Die sin verdammt stark. Der Walter isch – war unser As in de Mannschaft. Der fehlt, der fehlt ...

Des geht dir jetzt doch nah, Armin, gell? Komm, putz dir d'Nas. Les noch e bissl. Zum Tatort isch noch Zeit.

Der Walter hat eine spezielle Wurftechnik g'habt. Einmalig! Bei dem ware Auge, Arm, Ziel eine Einhait. Guck!

Er springt auf. Geht zum Couchtisch.

Was gibt des jetzt? – Lass den Apfel in der Obstschal!

Nur kurz! Ich will dir was zaige!

Er nimmt einen Apfel. Zupft eine Traube vom Henkel, die er ins Zimmer rollt.

Der Apfel wär die Kugel. Die Traub wär des Schweinle. »Cochon«, sage d'Franzose.

Sei so gut, leg des Obst z'rück!

Die Kugel liegt locker in meiner Hand. Handrücke in Wurfrichtung. Beine parallel. Ich feder in die Knie. Sie'sch des?

Lass den Blödsinn! Ich will den Film fertiggucke!

Die Schuhspitze exakt an der Markierung. Des wäre die Teppichfranse. Manche werfe mit Ausfallschritt. Wie ich. Sieh'sch? So!

Jetzt isch g'nug! Geh vor dem Bildschirm weg!

Der Walter war ein Standwerfer. Achtung!

Hör uff, Armin! Net!

Hepp! – Oh, Scheiße Renate! Des wollt ich net!

Herrgottnochmol! Des gibt's doch net! So eine Sauerei! Der neue Teppich! Die Flecke krieg ich doch nimme raus! A noch e rote Traub!

Ich wollt die net voll treffe. Nur touchieren. Leicht dra'dopse. Grad so, dass se wegspritzt.

Ja, g'spritzt hat's!

Er wischt mit einem Papiertaschentuch.

Geh weg! Du mach'sch alles nur schlimmer!

Sie rubbelt mit Wasser und Bürste. Er zieht sich zerknirscht in seine Lese-Ecke zurück.

Tschuldigung. Ich wollt nur ...

Setz dich in die Eck un les bis zum Tatort!

Normal wär des ein super Wurf g'wese.

Die Vorführung hätt'sch dir spare könne. Ich hab mit der Annegret ein Bild vom Walter rausg'sucht.

Was? Wieso des?

Des soll bei der Trauerfeier vorne am Altar stehe. Vergrößert, im schwarze Rahme.

Warum net? Kann mer mache.

War net leicht. Es sollt was Typisches sei. Wie mer sich gern an ihn erinnert.

Ich hätt euch helfe könne: De Walter beim Grille im Garte.

Wir habe uns für einen Schnappschuss beim Boule entschiede.

Gute Idee! Beim Sport in der Bewegung. Dynamisch.

Des net. Sondern wie er uff dem Bänkle am Platzrand sitzt. Im Halbschatte von dene Platane.

Des sin Ahornbäum.

Egal. Er prostet grad dem Betrachter zu. D'Sonn funkelt im Rotweinglas. Des Bild strahlt eine heitere Atmosphäre aus. Lebensfreud.

Des passt. So war er. Nur, des Bild sollt net so direkt nebe der Urne steh. Vielleicht e bissl seitlich.

Wieso denn?

Ich waiß net. Halt vom G'fühl her. Der Kontrast isch zu hart.

Jedenfalls eine tolle Momentaufnahm. Nebe ihm des offene Boule-Köfferle.

Des hat er im Provence-Urlaub gekauft. Do war er stolz druff. Profimäßig.

Ich waiß. Er hat's mir mol vorg'führt. Köcher für d'Weinflasch. Korkezieherfach. Schlaufe mit Klettverschlüss für Gläser. Also wie e Sporttasch hat des für mich net ausg'seh.

Der Sport kommt aus Frankreich! Savoir-vivre! Körperliche Betätigung, aber mit Genuss. Boule hat was Konviviales!

Was? Was hat des? – Kon ... was?

Was Geselliges! Bei uns spiele manche in dem Alter einsam und verbisse Golf!

Aber ohne Rotwein in ihrem Schlägerköfferle! Oder wie des Ding haißt, des die über d'Wies schiebe.

Des Ding haißt Golf-Bag! Die Wies nennt mer das Green! Und der Golf-Bag wird net g'schobe, sondern gezoge. Sonscht wär's ein Rollator!

Au, des hat sich oft schnell vom Golf-Bag zum Rollator. Denk an deinen Bandscheibevorfall neulich!

Komm, Themawechsel! Also des Bild vom Walter sollt mer vor des Rednerpult stelle, wo normalerweis der Pfarrer predigt. Ich brauch sowieso ein Mikrofon.

Du? Wieso? Will'sch du was schwätze?

Was schwätze! Ich spreche ein paar Worte für seine Boule-Kamerade. Einen ehrenden Nachruf. Des g'hört sich so!

Von mir aus. Aber bitte mach's kurz! In der Kürze liegt die Würze.

Ja. Ich hab des Redekonzept schon uff drei Seite gekürzt. Feierlich vorgetrage dauert die Red genau zwölf Minute. Des hab ich g'stoppt.

Um Himmelswille, Armin! Viel zu lang! Des sprengt doch den Rahme von der Trauerfeier!

Hör zu, Rena. Ich kenn den Walter seit Pfadfinderzeite. Also e bissl aushole muss ich schon.

Des macht doch die Dame vom Trauerservice! Die schildert seinen Lebenslauf. Von der Annegret hat die sämtliche

Eckdaten. Sogar mit Anekdoten, dass es net zu trübsinnig wird.

Was für eine Dame? Welcher Service?

Die Annegret hat im Internet eine Pietätsfirma entdeckt. »Wir von der Seerose gestalten Ihre Trauerfeier würdig und individuell.«

Ja wunderbar! Ein Abgang mit Eckdaten. Sehr würdig!

Du, die erledige alle Formalitäte. Die regle alles mit dem Bestattungsunternehmer vor Ort.

Klar. Un kassiere Provision! Prima Geschäftsidee. G'storbe wird immer. Mit ainer Leich am Tag sin die aus'm Schneider. Leichefledderer sin des!

Er kramt in einer Schublade.

Was such'sch denn?

Ich verreiß mein Redemanuskript! Ab in de Papierkorb! Fertig ab!

Net! – Aber gut. Dann sag'sch halt e paar Worte auswendig.

Ich sag garnix! Muss jo net sei. Soll die Trauerfirma mache. Eckdate lange! Bitte, dann geht der Freund halt ohne ein Wort von mir!

Bi'sch jetzt belaidigt? – Habt ihr wenigschtens en Kranz bestellt?

Ein Gebinde. Mir habe z'ammeg'legt.

Ein Kranz hätt halt mehr herg'macht.

Dafür habe mer e schöne Grußschlaufe drucke lasse. Mit unserm Clubemblem. Drei schwarze Kugle auf gelbem Grund. Weißer Cochon in de Mitte.

Eine Schnapsidee war des! Sieht doch aus wie die Armbind von Blinde!

Der Entwurf stammt vom Walter. – So, jetzt däd ich gern lese!

Er zerreißt sein Redemanuskript zeremoniös. Schlägt sein Buch auf. Er murmelt.

Stundelang hab ich dra g'schafft. Liebevoll ausformuliert. Immer in Gedanke an de Walter.

Wai'sch was, Armin! Du ...

Was isch denn noch? Ich les.

Du geh'sch vor. Ganz am Anfang. Du stell'sch des Gebinde an der Urne ab. Sag'sch vielleicht nur: »Lieber Walter, wir vergessen dich nie. Leb wohl!«

Ich kann doch in dem Fall net »Leb wohl« sage!

Dann sag'sch halt nur »Adieu«. Oder persönlicher »Adscheh, Walter«. Niemand nemmt dir übel, wenn dir vor Rührung d'Stimm versagt. Im Gegetail!

Ich bin doch kain Schauspieler, Rena! So nach der Regieanweisung: Bricht ab mit tränenerstickter Stimme.

Du hätt'sch dei Red net verreiße solle, Armin.

Jetzt komm'sch! Wieso denn?

Mit dene Blätter in de Hand hätte die Leut g'seh, dass du was vorbereitet ha'sch, aber net vortrage kann'sch. Des wär ganz natürlich rüberkomme.

Oh, jetzt lass mich mit dem Thema in Ruh! Guck du fern! Ich les!

Aber egal. Es gibt genug Beiträg bei der Trauerfeier. Auch ohne Pfarrer.

So? Was isch denn noch im Programm vorg'sehe? Außer der Ersatzpredigt von der professionelle Pietätstussi?

Die Enkelmädle habe e Stück für Blockflöte ei'studiert.

Na ja, des muss der Walter zum Glück nimme höre.

Du bi'sch wüscht! Der Walter hätt sich g'freut. Des sind doch drei goldige Mädle.

Ja. Solang se net Blockflöt spiele. Was kommt sonscht noch?

Der Michel will mit sei'm MP3-Player für Musik sorge. Stücke, die sein Vadder gern g'hört hat.

Der Walter musikalisch? Wär mir neu. Was hat er rausg'sucht?

Ich glaub, am Anfang »My Way« vom Frank Sinatra.

Bissl abgedrosche. Des haißt »Auf meine Art«. Als hätt der Walter bei seiner Annegret jemols mache dürfe, was er g'wollt hat!

Du, bei wichtige Sache hat der sich schon durchsetze könne.

Aber sie hat bestimmt, was wichtig war! »Her Way« müsst des bei ihm haiße! Aber egal. Nimme wichtig. – War's des?

Am Schluss vom Hannes Wader »Heute hier, morgen dort«. Schönes Lied, oder?

Aber doch net bei einer Beerdigung! Des kann'sch net bringe!

Wieso denn? Des g'hört inzwische zu de Volkslieder. Außerdem isch des keine Beerdigung, sondern eine Feuerbestattung. Eine Urnenbeisetzung.

Noch schlimmer! Stell dir vor, die Urne wird feierlich rausgetrage. Un der Wader singt »... morgen dort«. Ja, wo denn? Kann'sch mir des sage?

Sie überlegt eine Weile.

So g'seh ha'sch Recht. Des muss ich der Annegret sage. Dass die des dem Michel sagt.

Net vergesse! Schreib's uff!

Sie geht in die Küche. Er liest. Sie kommt wieder.

So, ich hab en Merkzettel an die Kühlschranktür geklebt. Dort sieht mer'n.

Schad, dass die Boule-Kamerade am Mittwoch net komme könne. Wir wollte aigentlich am Portal von der Kapell Spalier stehe. Wenn die Urne rausgetrage wird.

Spalier stehe? So was macht mer bei Hochzeite! – Aber wieso komme die net? Für so was nemmt mer sich doch Zeit! Ein schwaches Bild!

Der Ewald liegt im Krankehaus. Kriegt e neue Hüft. Un der Franz hockt auf Teneriffa. Urlaub. Last minute. Hat den Flug nimme storniere könne.

Gott sei Dank! Spalier stehe bei so'me Anlass! Des wär peinlich g'wese!

Wieso denn? Des war so ausg'macht! Jeder hebt e Kugel hoch. Alle in normaler Sportkleidung. Wie uff'm Bouleplatz.

Was? In Sandale mit graue Socke, in knielange Hose und T-Shirt? So wär'sch du mir net zur Trauerfeier komme!

Mir wollte uns doch am Schluss g'schwind umziehe.

Ja wo denn? Uff'm Friedhof?

War alles genau geplant. Hinner dene blickdichte Kirschlorbeer-Büsch nebe der Leichehall. Des wär ruck-zuck g'ange.

Ihr seid doch verrückt!

Wieso? Ich überleg sogar, ob ich des jetzt mach. Wenn ich schon meine Rede net halte soll.

Was?

Spalier stehe! Stellvertretend für die annere. – Was lach'sch jetzt?

Sie lacht. Tippt sich an die Stirn.

Wenn ich so was hör! Du allein Spalier? Für so was braucht mer mindeschtens zwai Leut! Wenn nur du rumsteh'sch, isch des kein Spalier!

Er überlegt offensichtlich. Streicht sich übers Kinn. Blickt zur Decke.

Thema durch. Du wollt'sch doch lese!

Wie denn? Wenn du dauernd mit irgendwas komm'sch!

Er setzt seine Lesebrille auf. Blättert in seinem Buch. Fängt mit der ersten Seite an. Sie schaut fern. Etwa zwanzig Sekunden.

Was kommt? Was guck'sch grad?

Landesschau. Asylbewerber in Sasbachwalden. E ganze Herd steigt aus dem Bus. In dem schöne Schwarzwald.

So e G'schwätz! Was hat des mit dem Schwarzwald zu schaffe?

Ich main nur. Die herrliche Landschaft. Des saftige Grün. Die wirke in der idyllische Gegend richtig fremd.

Die sin fremd!

Aber die komme doch aus trockene, staubige Wüschteländer. Aus Syrien, Afghanistan oder so. Die müsse sich doch hier wie im Paradies vorkomme!

Des sin Moslems. Die stelle sich des Paradies net wie de Schwarzwald vor! Außerdem kenne se d'Leut noch net!

Ach Gott, so arme Würmle debei! Die könne doch nix für den Krieg. Für des Elend dort drunne!

Deshalb isch's gut, dass die jetzt in Baiersbronn friedlich am Schnuller nuckle könne!

In Sasbachwalden! Hör'sch du mir net zu?

Entschuldigung, aber ich les grad!

Du, die sin im Hotel einquartiert. Im »Bel Air«. Net schlecht, Frau Specht!

Des wird leersteh. Leerstand isch net gut für Gebäude. Die verfalle.

Aber zahlende Gäscht wäre natürlich besser.

Die komme aber net! Wer macht heut noch dort Urlaub? Womöglich ohne Wellnessbereich. Ohne Spa. – Guck doch, de

Franz! Die Best Ager fliege nach Teneriffa. Sonne garantiert. Und billiger.

Aber der Umbau koscht doch en Haufe Geld. Separate Küche, sanitäre Anlage. Die laufende Koschte.

Horch, bei uns were Milliarde in de Sand g'setzt! Für en Flughafe, der net fertig wird. Bankenrettung. Griecheland. Jetzt kriege mer endlich mol was für unser Geld! Einen Gegenwert!

So? Was denn?

E gutes G'fühl als Deutsche! Willkommenskultur! Isch des nix?

Schon. Trotzdem. Vielleicht war die Einladung damals doch e bissl voreilig? Es haißt doch, die Merkel denkt alles vom End her.

Er legt sein Buch weg. Wird zunehmend engagiert.

Des hat se halt mol net g'macht! Mir war des sympathisch! Des war menschlich rausg'schwätzt. Aus'm Bauch. Die Merkel isch halt doch e Frau!

Was soll denn des haiße? Jetzt geht's aber los!

Pass uff! Bildlich g'sproche: Die hat eine Lokalrunde g'schmisse, weil's ihr grad so ums Herz war. Ohne vorher ums Eck zu gucke, wer alles im Nebezimmer hockt! Vesteh'sch, was ich sage will?

Ehrlich g'sagt, net so recht. Der Vergleich hinkt doch arg.

Des war stark vereinfacht. Aber im Kern stimmt's doch!

Nur, was mache mer, wenn immer mehr komme? So viele, dass die kulturelle Statik nimme stimmt?

Oha! Die »kulturelle Statik«! Wo ha'sch denn den Ausdruck uffg'schnappt? Der stammt doch net von dir!

In einer Diskussionsrunde im Fernsehe hat des ein Konfliktforscher g'sagt. Soziologe. Immerhin Professor an der Uni Köln.

Es gibt a promovierte Arschlöcher! Ich brauch nur an mein Chef denke. Den Dr. Strobl!

Aber nochmol zu dem, was mer grad g'schwätzt habe, Armin. In dem Punkt bin ich ja bei dir, dass ...

Widder so eine Wendung aus dene Quasselsendunge im Fernseh! Dort sage die a immer »In dem Punkt bin ich ja ganz bei Ihnen, Frau Wagenknecht. Oder Herr Bosbach«.

Was dagege, wenn ich mich politisch informier?

Dann les lieber Zeitung! Von dem G'schwätz krieg'sch nur Kopfweh!

Herrgott, Armin! Was isch denn heut mit dir los? Du bi'sch richtig händelsüchtig!

Ich? Ich däd nur gern in Ruh lese!

Kann'sch du doch! Zeit genug bis zum Tatort. Aber lass mich bitte Fernseh gucke!

Renate, des kann mer net sage. Überleg doch!

Was isch denn schon widder? Was soll ich überlege?

Mer kann sage »Ich seh fern«. Oder von mir aus »Ich guck fern«. Aber net »Ich guck Fernsehe«. Des geht net! Des wär doppelt g'moppelt!

Oh, rutsch mir doch de Buckel runner! Les!

Sie lassen sich eine Weile in Ruhe. Er liest, sie zappt. Unruhiges Fernsehlicht bei ihr. Leiser Ton zugeschaltet. Er tunkt zum Umblättern die Fingerspitze in den Wein. Trinkt angewidert. Schenkt sich ein Glas randvoll ein, kippt es in einem Zug runter wie Wasser. Verzieht das Gesicht, schüttelt sich. Schimpft vor sich hin.

Der muss weg! So ein läppriger Sauerampfer! Als Kundenpräsent!

Sie schaut ihm kopfschüttelnd zu.
Du musch'n doch net trinke! Stell'n in d'Küch. Als Kochwein.
Der taug netmol zum Koche. Wär schad um jedes Esse.
Dann schütt'n halt in Gottsname weg! Hol uns e gutes Fläschle aus'm Keller.
Uns?
Ja. Für nachher. Zum Tatort trinke mer doch immer unser Fläschle Bordeaux. Oder en g'scheite Spanier.

Er geht in den Keller. Brummt halblaut.
Zur Feier des Tages. Wie jeden Sonntag. Same procedure as every week. Widder e Woch rum. En g'scheite Spanier.
Was? Was brummel'sch in dein Bart?
Nix! Ich hab nur laut überlegt!

Während er weg ist, probiert sie zwei, drei Erdnüsse. Die Tüte liegt halb ausgeschüttet auf dem Tisch. Zu sich selbst.
Bäh, ranzig! Die schmecke nimme!

Durchsucht noch einmal Schubladen und Fächer.
Also, dass ich vergesse hab, was zum Knabbere zu kaufe! Zum Tatort! Wenigschtens Salzstängele oder e paar Chips.

Er kommt mit einer Flasche zurück, die er öffnet und in eine mitgebrachte Glaskaraffe umleert.
Was gibt denn des? Des mach'sch doch sonscht nie.
Des isch ein Rioja, Jahrgang 2009! Der muss schnaufe – atmen!
Aber wieso schenk'sch dir jetzt schon e Glas ei? Hat der schon genug geatmet?
Nein! Aber ich will den Unnerschied schmecke! Vorher – nachher.

Lass aber für später noch was in der Karaff drin! – Wo ha'sch die überhaupt rausgekramt?
Aus dem Schränkle in de Vorratskammer.
Ich glaub, die hab ich schon als Blumevas benutzt.
Des sag'sch du jetzt? Du stell'sch meine Blume in die Karaff?
Blume von dir? Also dann hätt ich die net oft gebraucht! Wann ha'sch du mir zum letschte Mol ...?
Egal! Ich hab se sowieso vorsichtshalber ausg'spült.

Sie räkelt sich auf der Couch. Er liest, nimmt einen Schluck Wein. Verdreht genießerisch die Augen.
Wunderbar! Jetzt schon. Wenn der erscht geatmet hat!

Sie unvermittelt.
Was zieh'sch denn a?
Was? Moment, grad noch den Abschnitt fertiglese. – So, jetzt. Was isch? Seit wann zieh ich mich für de Tatort um?
Ich red vom Mittwoch! Von der Trauerfeier!
Geht dir des jetzt im Kopf rum? Mein dunkle Anzug natürlich! Wie viele Anzüg hab ich denn?
Mit dem will'sch du bei der Trauerfeier erscheine? Der sieht doch inzwischen aus wie vom Koschtümverleih. Bei'me historische Umzug!
Du, des A'zügle isch noch bodegut! Ein klassischer Zweireiher. Zeitlos! Dunkelgrau mit feine Nadelstraife.
Komm, so was tragt der Bundespräsident bei feierliche Anläss. Aber dem passt er!
Der passt mir noch einwandfrei!
Ja, in der Länge! Aber net um de Bauch! In dei'm Alter wachst mer nimme nach obe, sondern nach de Seit!

Den Hosebund hab ich grad kürzlich weiter mache lasse. Bei der Änderungsschneiderei Scerbic. War net billig. Aber die könne was, die Jugos!

Die Frau Scerbic isch Kroatin. Oder war des noch zu Titos Zeite?

Kürzlich, hab ich g'sagt! Vor der Verabschiedung vom Endres Erich. Dort hab ich den nämlich trage.

Un warum ha'sch du mir nix von der Änderung verzählt? Normal bring doch ich die Sache zur Schneiderei.

Warum wohl? – Weil du des net g'macht hätt'sch!

Do ha'sch allerdings Recht! Mensch, gib doch den alte Anzug dem »Freundeskreis Asyl«. Für ihr Klaiderkammer. – Aber gut, so wolle die Flüchtling a net rumlaufe.

Was? Jetzt? Wo ich den hab richte lasse? Die Frau Scerbic hat hinne am Bund so e Dreieckle neig'setzt.

Ha, des muss jo ganz elegant aussehe! Hat net jeder. Sehr individuell!

Des sieh'sch du net, weil des Jackett drüberhängt!

Armin, es gibt so schöne modische Anzüg in de Stadt.

Aber net in der Qualität! Reine Schurwolle, ohne Kunschtfaser!

Ende der Diskussion! Am lange Samstag wird e schickes Sommeranzügle gekauft! So lauf'sch du mir nimme rum. Fertig ab! Shopping!

Aber ohne mich! Ich turn bei der Wärme net in dene enge Verschläg rum! Außerdem bin ich kain Shopping-Typ, des wai'sch du genau!

Aber des geht doch net ohne dich! En Anzug muss mer doch probiere!

Lass dir halt e Auswahl mitgebe. Du kenn'sch doch meine Maße. Verschiedene Größe. Aine zum seitlich Nei'wachse.

Du bi'sch so ein sturer Bock, Armin!

Ich will jetzt endlich lese!

Ungutes Schweigen. Er liest, sie schaut fern. Beide unkonzentriert. Er schenkt sich heimlich aus der Dekantierkaraffe ein. Sie merkt es, obwohl sie nicht hinschaut.

Ich hab's g'seh! Wenn du so weitermach'sch, brauche mer zum Tatort eine neue Flasch.

Ha'sch du hinne Auge? Nur e Schlückle. Ich wollt den Zwischenstand kontrolliere. Schon besser. Der wird!

Dann ha'sch du den Anzug am Tag mit dei'm Durchfall getrage?

Was? – Ja, genau!

Un dann häng'sch du den ai'fach in de Schrank?

Warum denn net? Der hat nix ab'kriegt.

Ha'sch a mol innedrin geguckt?

Klar, do war nix! Ich wunder mich selber.

Sie lässt die Erdnusstüte zwischen den Fingern schaukeln.

Wieso isch die aigentlich a'gebroche? Wann ha'sch die g'esse?

Haimwärts in de Stadtbahn. Hab Hunger g'habt. Aus de Tasch raus hab ich e paar Nüssle geknabbert. Bei der Verabschiedung hat's doch nur schwäbische Brezle g'ebe. Halt ohne Butter.

Un jetzt fahre die fettige Nüss wahrscheinlich in der Tasch rum. Versaue a noch des Innefutter. Der muss vor'm Mittwoch zur Reinigung!

Ach was! Für de Friedhof geht der noch. Den hab ich sogar bei der Einweihungsparty von unserm Zweigwerk im Elsass noch getrage! In Colmar.

Sie wirft die Erdnusstüte auf den Tisch. Wendet sich abrupt von ihm ab. Zornig. Blickt in die andere Richtung.

Erwähn das Wort Colmar nimme!

Jesses, Renate! Immer noch sauer? Nur weil ich mir erlaubt hab, einen Erholungstag dra'zuhänge? Um mir mol privat, ganz entspannt Col ... die Stadt a'zugucke!

Darum geht's net! Aber du hätt'sch wenigschtens a'rufe könne!

Des hab ich doch g'macht! Beim Frühstück im Hotel!

Ja! Am Morge von dei'm Verlängerungstag. Aber kein Wort, dass du nochmol über Nacht bleibe will'sch! Ich hab wenigschtens am frühe Obend mit dir g'rechnet.

Sie bricht in Tränen aus. Vor Zorn und Enttäuschung.

Mensch, Armin! Der Verlängerungstag war zufällig unser Hochzeitstag! Ich hab mich g'freut!

Warum ha'sch mir morgens am Telefon nix g'sagt? Ich wär doch sofort ins Auto g'hockt un losg'fahre!

Ich hab halt immer noch g'hofft, dass du dra denk'sch!

Mein Gott, wie oft krieg ich des noch uff's Butterbrot g'schmiert! Nochmol: Mea culpa! Ich bereue! – Es tut mir leid!

Ja. Mir auch!

Sie wischt ihre Tränen ab. Er rennt auf den Balkon, kommt mit dem vollen Aschenbecher zurück. Theatralisch. Macht Anstalten, den Aschenbecher über seinem Kopf auszuleeren.

Asche auf mein Haupt!

Unnersteh dich! Net im Wohnzimmer! Raus uff de Balkon!

Er trägt den Aschenbecher zum Leeren in die Küche.

Zum Nassmüll bitte!

Setzt sich zu ihr auf die Couch. Legt den Arm um sie. Ruhig, sanft.

Ach, Rena, ich hab dir doch alles schon hunnertmol erklärt. Ich hab morgens noch net wisse könne, dass ich von der Rumdapperei in der Stadt so g'schafft bin.

Un dann kann mer tagsüber netmol a'rufe? Und sei's nur, um mir zu sage, dass du nochmal übernachte will'sch!

An unserm Hochzeitstag?

Des ha'sch du doch garnet g'wüsst! Des war mir irgendwann sowieso egal.

Ach guck! Des war dir egal?

Dreh de Spieß net rum! Mensch, ich hab mir Sorge g'macht! Weil du net erreichbar war'sch! Was hab ich des probiert! Bis lang nach Mitternacht. Ich wollt schon bei der Polizei a'rufe. Dann sin mir irgendwann d'Auge zug'falle.

Gott sei Dank! Interpol womöglich. Des wär was g'wese!

Wai'sch du, wie des isch? Jedes Mol: »The person you are calling is temporarily not available. Please tray it again later.« Un des bei dir!

Hab ich dir doch erklärt! Ich wollt mal einen Tag nicht erreichbar sei! Besonders net vom G'schäft. Die Seele baumle lasse, vesteh'sch?

Die ha'sch aber lang baumle lasse! Und mich mit!

Ich hab's doch zwaimol bei dir probiert! Einmal in der Warteschlang vor dem Unterlinden-Museum. Des war um die Mittagszeit. Niemand hat sich g'meldet.

Kann sei. Ich war grad ei'kaufe. Sauerbrate, dei Lieblingsesse! Damit wollt ich dich überrasche. Uff'm Display hab ich die Nummer g'sehe. Hab sofort z'rückg'rufe. Funkstille!

Weil ich des Ding widder ausg'schaltet hab! Später in'me Straßecafé hab ich's nochmol probiert. Mehrfach. Dauerbesetzt!

Do hab ich mit der Carola telefoniert. Die hat mir ihr Herz ausg'schüttet. Wege ihrem Roland. Was hätt ich mache solle?

Ihr sage, dass sie ihr Herz morge ausschütte soll! Weil du einen Anruf von deinem Mann erwart'sch!

Ach komm, Armin! Du hätt'sch de ganze Tag Zeit g'habt.

Jetzt fallt mir ei. Nachts im Hotel hab ich's vom Bett aus nochmol versucht. Des haißt, versuche wolle. Des kann net g'speichert sei.

Was haißt des jetzt?

Ich muss vor Erschöpfung ei'gschlofe sei. Gut, de Wein hat sich de Tag über a z'ammeg'läppert. Geb ich zu. Morgens bin ich uffg'wacht und hab des Smartphone noch in de Hand.

Des kann ich jetzt glaube oder net.

Er wird wütend. Steht auf.

Dann glaub's halt net! So ein Zirkus! Nur weil ich mir mol erlaubt hab, mir einen Tag »zur freien Verfügung« zu gönne! Des steht bei jeder Pauschalreise im Programm!

Mit einer außerplanmäßigen Übernachtung bitte!

Lieber Himmel, hätt ich mit zwai Promille un übermüdet noch haimfahre solle? Wär dir des lieber g'wese?

Um des geht's doch net! Mir sitzt was anneres net glatt!

Mir sitzt viel net glatt! Aber irgendwann muss Schluss sei! Ausdiskutiert! S'Lebe geht weiter! Schwamm drüber!

Sie ist wieder den Tränen nahe.

Mer will doch seiner Lebensgefährtin mitteilen, wie's einem geht. Oder was mer grad macht. Besonders wenn mer was Schönes erlebt.

Um Gottswille!

Was soll des jetzt haiße?

Nix! Ich main nur. Ich brauch des Smartphone fürs G'schäft.

Aber in dem Fall wär's doch normal, dass mer seiner Frau mol eine App schickt! Vielleicht sogar mit Bild. Ein Selfie vor'me schöne Hintergrund. Um ihr zu zeige, dass mer an sie denkt.

Horch, Rena! Nach dreißig Jahr Ehe ...

Neunezwanzig! Aber wer de Hochzeitstag vergesst, muss des net so genau wisse.

Schon widder! Der scheiß Hochzeitstag! – Entschuldigung.

Schon gut.

Nach neunezwanzig Jahr muss ich dir doch nimme laufend sage, dass ich an dich denk. Herrgott, ich denk an dich! Ob ich will oder net!

Wie main'sch des?

Vergess'es! Un wozu brauch'sch du ein Selfie von mir? Du sieh'sch mich jeden Tag! Net immer en vergnüglicher Anblick, ich waiß.

Sie greift plötzlich zärtlich nach seiner Hand. Er steht neben ihr.

Ach, Armin. Du g'fall'sch mir immer noch. Vor allem, wenn du glücklich aussieh'sch.

Will'sch du mich jetzt fertigmache?

Sie lässt seine Hand los. Er geht in seine Ecke, setzt sich. Er schenkt sich verstohlen Wein aus der Karaffe ein. Es klirrt Glas gegen Glas.

Und? Wie entwickelt er sich? Hat er schon Bouquet? Lass mich mol probiere, bevor er weg isch.

Des passt net zu dei'm süße Prosecco-Gsöff! Wär schad drum.

Er schlägt sein Buch auf. Blickt aber versonnen zur Decke. Amüsiert. Wie im angenehmen Erinnern. Er grinst schadenfroh. Leise, für sich.

Ha, das war eine Abfuhr. Der alte Bock.

An was denk'sch grad?

Will'sch des jetzt a noch wisse? Kann mer netmol in Ruh denke?

Doch. Aber dann sollt mer debei net schwätze.

Also gut. Ich hab grad an die Eröffnungsfeier von unserer Niederlassung im Elsass denke müsse. Im Ibis-Hotel.

Des ha'sch mir schon verzählt. Bis morgens um drei. Anstrengend.

Mensch, hat diese Jeanette Kressel unsern steife Dr. Strobl in dem Konferenzsaal über die Tanzfläche g'schlenkert. Normal hat der doch en Stock verschluckt. Aber die Frau hat ein Temperament! Die hat ...

Ja, ich waiß. »Pfeffer im Arsch«. So ha'sch dich ausgedrückt.

Du, die isch tüchtig! Marketingchefin fürs ganze Elsass! Un des mit knapp dreißig!

Ha'sch du die nach ihrem Alter g'frogt?

Natürlich net. Nur schätzungsweis. Halt von der Ausstrahlung her.

So? Wie alt däd'sch denn mich schätze? Ausstrahlungsmäßig?

Renate bitte! Dich kenn ich! – Aber ich glaub, a e bissl jünger.

Danke! Ich fühl mich saumäßig geschmeichelt!

Jedenfalls isch die Jeanette, die Madame Kressel, hochintelligent!

Seid ihr im Elsass per du?

Des isch normal. Junges Personal, flache Hierarchie. Die duze sich überwiegend. Mit Vorname. – Aber was ich sage wollt. Die spricht Minimum drei Sprache flüssig.

Wasser isch flüssig! Du main'sch »fließend«.

Ja, von mir aus! Wenn du die am Telefon hör'sch ...

Wahrscheinlich schwätzt die Elsässerdeutsch mit französische Brocke in ai'm Satz. Oder Englisch mit französischem Akzent aus'm Elsass.

Des ärgert mich jetzt, Renate! Du urteil'sch über eine Frau, die du überhaupt net kenn'sch!

Aber du? Du kenn'sch die? Nach so einer Firmenfeier mit Ringelpiez?

Er denkt nach. Grinst.

Also, so hab ich den Strobl noch nie erlebt! Der hat sich vor der ganze Belegschaft zum Depp g'macht. Der Doktor Strobl!

Lieber Gott, der hat sich halt amol amüsiert. War ausnahmsweise mol locker. Des macht ihn doch als Chef eher sympathisch.

Sympathisch? Locker? Der war sturzbesoffe! Dem hat's sämtliche Sicherunge rausg'haue! Der wollt doch die Kressel unbedingt abschleppe! Der alte geile Sack!

Moment! Der dürft ziemlich in dei'm Alter sei.

Des spielt kai Roll! Als Chef kann mer so was net bringe! Du hätt'sch den mol beim Tango mit der Kressel sehe müsse!

Beim Tango führt normal der Mann. Des hat er scheint's noch könne.

Von wege! Der isch nur noch rumg'stolpert. D'Brill schief im G'sicht. Hat ihr in de Ausschnitt glotzt. Dauernd hat sie ihm seine Finger von ihrem Po wegbiege müsse!

Also ganz unschuldig wird diese Kressel net g'wese sei! Die hat des doch druff a'legt!

Klar! Für die war des nur ein Spiel. Aber ein erfahrener Mann müsst des doch durchschaue!

Hätt'sch du des durchschaut? Mit entsprechend Alkohol in de Birn?

Ich glaub schon! Als Dr. Strobl mit Vorbildfunktion hätt ich mich beherrsche könne. – Obwohl ...

Was obwohl?

Diese Jeanette Kressel kann, glaub ich, schon e elend's Menschle sei! Des hat der Spaß g'macht, den Strobl zapple zu lasse.

Un ihr vom Betriebsrat habt euch natürlich amüsiert.

Des kann'sch dir denke! Immer schön, wenn der Big Boss d'Kontroll verliert. Sogar über sich selber!

Des ha'sch mir noch garnet so genau verzählt. Mit der Kressel.

Des war der totale Showdown! De Chauffeur hat den Dr. Strobl um halb drei morgens zum Benz g'schleppt un uff de Rückbank a'gschnallt. Ich hab ihm d'Füß nei'glüpft. Ein Bild des Jammers! Gottvoll!

Also dass der noch haimg'fahre isch! Der hat doch sicher e Zimmer im Hotel g'habt.

Sogar eine Suite mit Dachgarte! Aber der war fruschtriert. Weil er die Jeanette Kressel net rumkriegt hat!

Er lacht triumphierend.

Ums Verrecke net! Do hat er uff Granit gebisse! – Wenn ich den seither ansprech, lass ich de Titel weg.

Sei mol still! De Landesschau-Wetterbericht. »Mit heftigen Gewittern zu rechnen ... Sturmwarnung für den gesamten Südwesten.«

Sie kuschelt sich gemütlich in eine Decke. Er liest. Für kurze Zeit lassen sie sich in Ruhe.

Was les'sch'n do überhaupt?

Hä? Was isch?

Was liest du eigentlich für ein Buch?

En Krimi.
Lass mi mol gucke. Heb's mol hoch!

Er zeigt ihr das Coverbild. Sie setzt die Brille auf. Blickt angestrengt.

Ach du lieber Gott! So'n Regionalkrimi! »Mord in Moosbronn«.
Was gibt's do zu lache?
Dort sterbe d'Leut im Bett an Altersschwäche! Multilaterales Organversagen.
Multiples, wenn schon!
Schon der Titel isch en Witz!
Wieso? Des isch's doch grad! »Mord in New York« wär nix Besonderes!
So was lese d'Leut nur, weil se die Plätz kenne. Selber mol dort ware.
Guck du fern! Lass mich lese, was ich will!
Suizid wär in Moosbronn noch möglich. Nach verschleppter Depression. Weil außer dem ewige Vogelgezwitscher nie was passiert.
Halt bitte de Mund!
Aber des wär kein Motiv für en Krimi. Stell dir vor, uff de letschte Seit stellt sich raus, dass es nur Selbschtmord war! Nach 160 Seite!
Die Fraueleich stammt doch garnet aus Moosbronn! Die kennt niemand!
Ach, so weit bi'sch immerhin schon?
Die hat en Bus mit Pilger morgens im Pfarrgarte entdeckt. Ohne Papiere!
Also die Pilger falle als Täter schon mol weg! Des sin alte fromme Leut!
Ja, jetzt lass mich in Ruh! – Renate, bitte bleib sitze!

Sie kommt zu ihm. Beugt sich vor ihm runter.

Nur den Umschlagtext überfliege. »Als Sattler in dem idyllischen Wallfahrtsort ermittelt, stößt er auf eine Mauer des Schweigens.«

Sie stellt sich hinter ihn.

Geh bitte hinner mir weg! Ich kann's net leide, wenn jemand über d'Schulter mitlest!

Nur kurz. Isch's wenigschtens gut g'schriebe? »Sattler wählte einen Fensterplatz in der Pilgerwirtschaft Zum Hirsch. Er blickte über die Dorfstraße zum bescheidenen Kirchlein Maria Hilf. Durch die bräunlichen Butzenscheiben fiel mittägliches Sonnenlicht.« Des isch jetzt mol en schöner Satz!

Herrgott, nur weil im Fernsehe grad nix kommt! Geh weg! Ich kann selber lese!

Sie, unbeirrt.

»Er bestellte ein alkoholfreies Bier. Aus der Speisekarte wählte er Kutteln mit Bratkartoffeln.« – Wie kann mer so was esse? Do kommt's! – »Seine schwäbische Herkunft konnte er nicht verleugnen.«

Herrgottnochmol! Jetzt lass mich in Ruh!

»Ihm fiel ein, dass die einstige Landesgrenze zwischen dem Königreich Württemberg und dem Großherzogtum Baden unweit des Ortes verlief.« – Typisch Regionalkrimi! Viel Landeskunde! Wann wird des kriminell?

Jetzt glei. Geh uff dei Couch!

Moment! »Sattlers Handy hoppelte über den Tisch, als die Kutteln serviert wurden. Er meldete sich barsch: Hauptkommissar Sattler. Was gibt's?«

Schwätz mir net so ins Ohr! Des macht mich verrückt! Des kitzelt!

»Es war Frau Dr. Sperling aus der Gerichtsmedizin mit dem Obduktionsbefund.« – Jetzt wird's in'tressant!

Herrgott, reiß mir doch des Buch net aus de Hand!

Du kriegsch's doch glei widder! – »Spermareste in der Vagina. Ein Sexualdelikt? Die Frau, Alter etwa 35 Jahre, müsse kurz vor ihrem Tod Geschlechtsverkehr gehabt haben. Allerdings ...«

Des Buch her!

»... fehle jede Spur äußerer Gewaltanwendung. Weder Hämatome noch andere Anzeichen von Gegenwehr. Es könne sich um einvernehmlichen Sex gehandelt haben.« – Immerhin, nochmol schön für die Frau!

Oh, schwätz doch net! Des Buch!

Wart doch! – »Todesursache? Eindeutig Ersticken. Eventuell durch Aufdrücken eines Kissens. Textilfasern in der Lunge. Die würden im Labor näher untersucht.«

Er springt hoch, versucht, sie in den Lese-Sessel zu drücken.

Wai'sch was? Les du weiter! Aber für dich! Ich mach was anneres!

Kurzes Gerangel. Sie zwingt ihn wieder in den Sessel, setzt sich mit dem Buch auf seinen Schoß.

Des isch wichtig! Hör zu! – »Die dampfenden Kutteln stiegen Sattler verführerisch in die Nase. Er wollte das Gespräch eben beenden, als die Sperling auf den Mageninhalt der Toten zu sprechen kam.« – Also des passt!

Geh bitte von mir runner! Du bi'sch mer zu schwer.

Sie gehorcht. Geht mit dem Buch im Zimmer umher, liest und kommentiert.

»Das Opfer müsse vor der Tat noch ausgiebig und nobel gespeist haben. Im Magen habe sie ein Dutzend kaum verdaute Austern gefunden.« – Also so was gibt's im Hirsch net!

Er klappt seine Lesebrille zusammen. Resigniert.

Des isch kai Pilgeresse! Des geht dort net.

Erinner'sch dich? Im Winter ware mer mol in Moosbronn spaziere. Ich hab Füß g'habt wie Eisklötz. Hab die falsche Schuh ang'habt.

Wann ha'sch du mol net die falsche Schuh a?

Im Hirsch sin mer anschließend ei'gekehrt. Du ha'sch Russische Eier g'esse. Ich Toast Hawaii. Die habe noch so Zeug von damals.

Waiß ich nimme.

Sie setzt sich mit dem Buch auf die Couchlehne. Liest weiter vor.

»Todeszeitpunkt in den frühen Morgenstunden. Zwischen drei und fünf Uhr. Das hinge von den Temperaturen ab. Sie warte noch auf den Bescheid vom Wetteramt, um sich präziser festzulegen.«

Hör uff! Ich hör nimme zu. Ich will's net wisse!

Grad des noch! »Etwas sei auffällig, fuhr die Pathologin fort. Die Frau sei im Intimbereich tätowiert gewesen. Sie schickte ein Bild auf Sattlers Smartphone. Es zeigte eine Rose über der Schambehaarung.«

Von mir aus.

Es geht weiter. – »Sattler stocherte in seinen Kutteln. Er sagte: Danke. Gute Arbeit, Sperling. Das Tattoo könnte ein Hinweis auf das Rotlichtmilieu sein.« – Blödsinn! Wo leb'sch du denn?

Was? Ich? Wieso?

Ich main den Sattler! Von wege Rotlichtmilieu. So ein Tattoo habe heut viele. Ganz normale Leut! Des isch doch in!

Bei mir net!

Sogar die Trude hat sich neuerdings ein Tattoo stechen lasse. Am Fußknöchel auße. E ganz dezentes Rösle. Noch net g'seh?

Doch. Ich hab nur nix g'sagt.

Des sieht doch schön aus!

Bei der ihre Stampfer? Wie en Schlachthofstempel uff'me Schweinshaxe!

Armin, des war jetzt bös! Ich find, des sieht apart aus. So e klaines florales Motiv.

Was? – Floral?

Pflanze g'höre zur Flora. Tiere zur Fauna! Sammelbegriff.

Des waiß ich! Wenn also uff dem Rösle noch en Schmetterling hocke däd, war des ein floral-faunales Motiv.

Floral kenn ich. Aber »faunal«? Des hab ich noch nie g'hört!

Dann hörsch's halt jetzt!

Du, Armin ...

Sie schlingt von hinten die Arme um ihn, den Finger noch im Buch.

Was gibt des?

Ich hab schon überlegt, ob ich mir so e Tattoole mache lass. Ganz diskret.

Sie schiebt den BH-Träger zur Seite.

Hier u'gfähr, guck!

Unnersteh dich, Renate!

Du, wenn mir des g'fallt, frog ich dich net vorher!

Dann wir'sch seh, was passiert!

So? Was denn?

Des Tattoo krieg'sch nimme weg! Des bleibt! Zur Erinnerung, dass ich fort bin!

Jesses, so ein Theater! Wege so'me Blümle an der Schulter. Du kann'sch doch net über meinen Körper bestimme! Sin mir im Orient oder was?

Er springt hoch.

Des sin doch Fürz! Diese blöde Tätowiererei! Eine Seuche isch des! Am Fußknöchel geht's los, un im Schlüpfer hört's uff!

Quatsch! Kann'sch du dir vorstelle, dass die Trudl unnerum so was hat?

Ja, kann ich! Aber ich stell's mir lieber net vor! Aber bitte, wenn so was ihren Ulli antörnt, warum net?

Ich hab's net vor. Nur a'gnomme. Wenn ich an're intime Stell, wo's außer dir niemand sieht, so was hätt. Wär des für dich net erotisch anziehend?

Hör uff! Des ha'sch du doch net nötig, Rena! So'n neumodische Firlefanz!

Ich bin mir net so sicher. Wai'sch du, wie lang wir nimme ...?

Jetzt komm doch net so! Ich hab halt momentan im G'schäft viel Stress!

Momentan geht aber schon länger!

Dauernd muss ich nach Colmar! Weil die Wagges des neue Betriebssystem net kapiere! Die Umstellung auf SAP!

En Vertrauensbeweis. Die brauche dich! Sieh's mol so! Denk an des Mobbing vom Endres Erich! Den habe se am Schluss Gabelstapler putze lasse!

Des nützt mir mix, wenn ich kurz vor'm Burnout steh! Weil des operative G'schäft dort net lauft! – Komm, lasse mer's! Les du! Aber bitte leise. Für dich.

Des Kapitel isch glei fertig.

Sie geht halblaut lesend im Zimmer auf und ab.

»Hauptkommissar Sattler schob, plötzlich appetitlos, den Teller mit den Kutteln von sich weg.« – Kann ich versteh. Nach dem Obduktionsbericht!

»Der ältlichen Bedienung sagte er, er habe Magenschmerzen. Die wortkarge Frau brachte ihm einen Topi. Geht aufs Haus, sagte sie.« – Also des klingt e bissl wie Schulaufsatz. Find'sch net?

Ich hab net zug'hört.

Ha doch! »Sagte er.« »Sagte sie.« Der könnt zur Abwechslung mol schreibe »Sie bemerkte«, »Sie entgegnete« oder »Gab zur Antwort«. Oder ...

Ja, des könnt er.

»Noch am Morgen war die Soko Moosbronn gebildet worden. Zehn Beamte kümmerten sich jetzt um den Fall.« – Ziemlicher Aufwand.

Ja. Es geht halt um Mord. Egal wo.

»Sattler rieb sich bei geschlossenen Augen die Nasenwurzel. Wie immer, wenn er angestrengt nachdachte.« – Gut beobachtet! Des mach'sch du a!

Ja, kann sei.

»Was hatte er? Kein Motiv! Es gab keine DNA-Spuren. Fingerabdrücke bisher Fehlanzeige. Keine Zeugen. Oder doch? Ein alter Mann aus der Nachbarschaft hatte angegeben, er habe zur Tatzeit gelbe Autoscheinwerfer im Ort bemerkt. Durch das Klofenster.«

Ältere Leut müsse morgens öfter mol pinkle.

Es geht weiter. – »Allerdings galt der Mann im Dorf als geistig etwas verwirrter Sonderling.« – Wenn'd recht guck'sch, isch des der ainzig Normale dort.

Armin streckt sich und gähnt ausgiebig.

Grad noch de Schluss. »Sattler resümierte; fest stand bisher, der Fundort war nicht der Tatort. Die Spusi hatte Schleifspuren im Gras festgestellt. Schuhabdrücke im morastigen Boden, vermutlich vom Täter. Größe 46. Es musste sich um einen großen, kräftigen Mann handeln.«

Er stützt das Kinn in die Hand. Blickt gelangweilt weg.

»Die Tote wurde also postmortal im Gebüsch des Pfarrgartens abgelegt.« – Schwachsinniger Satz! Des kann mer doch net schreibe!

Wieso?

Ha, überleg doch mol! Eine »Tote« kann mer nur »postmortal« irgendwo ablege! Wie denn sonscht? Die lebt doch nimme!

En Druckfehler. So was passiert.

Ach was! En grober Denkfehler! Den Schnitzer hätte die im Verlag merke müsse! Die habe doch jemand, der nochmol lest, was ein Autor verzapft! En Lektorant.

Ein Lektor! Aber egal.

Er winkt überdrüssig ab. Sie liest weiter.

»Ein rätselhafter Fall. Es galt zunächst, die Identität der Toten zu ermitteln. Ihre spärliche Bekleidung befand sich noch bei der KTU. Auffällig waren die Schuhe. Rote Pumps mit extrem hohen Absätzen. Sie waren ziemlich neu. Im Innern war ein französisches Label zu erkennen.«

Ja, ja! War's des jetzt?

Du, des sieht jetzt doch nach horizontalem Gewerbe aus! Mit Privatkundschaft. Escortservice vielleicht. Fehlt nur noch – do kommt's!

Was? Was kommt?

»Auch ihre Unterwäsche war außergewöhnlich. Hauchzarte Dessous aus reiner Seide. Fast ein Nichts. Schwarz. Der Kommissar dachte an seine Frau, die solide Wäsche aus weißer Baumwolle bevorzugte.« – Also die Bemerkung hätt er sich jetzt spare könne!

Wer? Der Sattler oder der Autor?

Baide! – »Er bestellte eine Tasse Kaffee mit Süßstoff. Mit der dünnen Brühe spülte er seine Tabletten hinunter. Gegen Bluthochdruck und Diabetes Zwo.« – Des könnt'sch du sei, Armin!

Ja. Isch's fertig?

Glei! »Er kombinierte mit dem Wenigen, das er bisher hatte. Die Austern im Magen der Frau. Die gelben Autolichter. Die französischen Schuhe des Opfers. Führte eine mögliche Spur ins benachbarte Elsass?«

Was lach'sch jetzt so blöd?

Hoffentlich lebt deine Jeanette Kressel noch!

Des isch net »meine«! Des isch eine Geschäftskollegin!

Mensch, Armin! Des war doch en Spaß!

Aber immer korrekt bleibe, bitte!

Hör zu, nur des noch. – »Bei einer Lagebesprechung der Soko Moosbronn, die jetzt in Soko Maria Hilf umbenannt wurde ...« – Wieso des?

Des waiß doch ich net! Des isch mir a wurscht!

»Ordnete Sattler an, mit einem Bild der Toten sämtliche Nobelrestaurants mit Austern auf der Karte in Grenznähe ab-

zuklappern. Und zwar auf beiden Seiten des Rheins.« – Au, des gibt Arbait!
Die muss ich net mache!
Des isch noch net alles. – »Weiterhin musste in allen exklusiven Schuhgeschäften und Dessous-Läden recherchiert werden. Die Beamten luden sich Bilder der Kleidungsstücke auf ihre Handys.« – Ob des was bringt?

Er gähnt wiederholt. Fährt sich müde über die Augen.
Nicht mein Problem.
Glei Schluss. »Besonders gründlich sollten die Beamten in Baden-Baden und im Outlet-Center Roppenheim vorgehen.« – Übrigens, dort könnte mer doch mol nach'm Anzug für dich gucke!
Net scho widder! Fallt dir des jetzt ei?
Du, die habe stark reduzierte Anzüg von Boss, Armani, alles!
Horch, als Betriebsrat muss ich net im Armani-A'zügle rumrenne!
Aber a net wie s'ärmschte Männle vom Albtal!

Sie schlägt das Buch zu. Gibt es ihm.
Da, ha'sch dein Schmöker widder!
Jetzt ha'sch mer's zug'schlage! Ich waiß nimme, wo ich war!

Sie nimmt das Buch wieder. Blättert. Will die Stelle raussuchen.
Ach guck! Blauer Stempel. »Mängelexemplar«! Hier mit Kuli. »1 Euro«. Also für des Geld isch der net schlecht g'schriebe. Kann'sch nix verkehrt mache. – Da! Do war'sch!

Sie will ihm das aufgeschlagene Buch reichen. Aber er schlurft schon in Richtung Couch. Winkt ab.
Ich will nimme lese. Leg's weg.
Jetzt plötzlich?

Sie blättert im Stehen. Murmelt.

Wo isch der Mangel bei dem Mängelexemplar? Vielleicht fehlt grad die letschte Seit. Wo steht, wie's ausgeht? Des wär blöd.

Net vorlese!

Die isch drin. – Ich hab's! Die Rezepte am Kapitelschluss! Guck doch! »Kutteln nach Art des Hirschen«. Oder hier »Badische Sauere Blättle«. Die Überschrift isch lesbar. Aber die Rezepte sin verdruckt! Die Buchstabe verschwimme!

Des isch doch für die Handlung net wichtig!

Aber für mich! Ich hol mir oft extra so Regionalkrimis aus'm öffentliche Bücherschrank. Net zum Lese. Ich schreib mir nur die Rezepte raus! Kochkäs beim Franken-Krimi. Saumage beim Pfalz-Krimi. Ach, Mensch!

Armin nimmt die halbleere Dekantierkaraffe und sein Glas zum Couchtisch mit. Er macht es sich auf der Couch bequem. Legt sich lang.

Un ich? Krieg ich kai Glas?

Im Schrank. Du steh'sch doch grad.

Sie holt ein Glas. Er schenkt ihr einen winzigen Schluck ein, auf den Ellbogen gestützt.

Der Wein muss lange. Der trinkt sich beinah wie Likör. Volles Bouquet. Ich renn jetzt nimme in de Keller.

Ja wie? Will'sch jetzt doch den Tatort mit mir gucke?

Ja. In Gottsname.

Aber net, dass es nachher haißt, ich hätt dich vom Lese abg'halte! Jeder kann mache, was er will. Aber so isch's doch schöner! G'mütlicher halt!

Wie jeden Sonntag! Aber gut, dann verblöde mer halt g'mütlich z'amme!

Ach, Armin! Was isch denn heut mit dir los? Komm, schlupf doch e bissl zu mir her!

Er gehorcht ihr brummig. Sie legt den Arm um ihn. Fühlt sich sichtlich wohl. Mit den Fingerspitzen schiebt sie die Erdnusskerne auf dem Tisch hin und her.

Also, dass ich vergesse hab, Knabberzeug zu besorge! Wenigschtens e paar Chips oder so. Du mag'sch doch die Kässtange aus Blätterteig so!

Soll ich aber net esse! Alles sogenannte Transfette! Meine Blutfettwerte!

Wai'sch du was? Ich richt uns e Plättle mit belegte Brötle! Mediterran! Olive, Parmaschinke, Tomate, Mozzarella. Hab alles im Kühlschrank.

Gute Idee! Was zum Schnabuliere.

Sie verschwindet gut gelaunt in der Küche. Man hört sie dort hantieren. Sie trällert »Atemlos durch die Nacht«. Unterhaltung zwischen Küche und Wohnzimmer.

Der Bienzle, das war noch ein Kommissar!

Was? Schwätz lauter!

Der Bienzle hat mit'm Kopf ermittelt, net mit'm Revolver! Hat der überhaupt eine Dienschtwaffe g'habt?

Des waiß doch ich nimme! – Jetzt komm doch net mit dem alte Käs!

Die Bienzle-Tatorte ware noch realistischer polizeilicher Alltag!

In Stuttgart vielleicht! In Hamburg hätt dein Bienzle nach drei Woche ein Nervez'ammebruch!

Des sin so badische Vorurteile! Du, des Stuttgart isch nimme der Talkessel mit schaffige, biedere Schwobe drin! Die ihr Kehrwoch mache un sonntags in d'Kirch renne. Ihrem Herrgott danke, dass se noch putze könne. Des Stuttgart isch inzwische eine multikulturelle Metropole!

Renates Kopf erscheint in der Durchreiche.

Also des stimmt! Ich war kürzlich mit der Carola in Stuttgart. Shopping-Tour. Stadtbummel.

Ja, des hab ich an unsere Kontoauszüg g'merkt!

Komm, mir habe uns z'rückg'halte! Es ging mehr um Fraueg'spräche. Isch des net furchtbar? Des hätt ich vom Roland net gedacht! Lasst die Carola sitze wege so'me junge Ding!

Hätt er mit're ältere Frau durchbrenne solle?

Was isch denn des jetzt für e G'schwätz!

Schlimm für die Carola, ja! Aber du sollt'sch dich trotzdem im Moment e bissl von ihr fernhalte.

Grad jetzt? Wo die mich braucht? Wieso denn?

Weil die mit Shopping kompensiert! Versteh'sch? Mit ihrem Kaufrausch als Ersatzhandlung steckt die dich an!

Will'sch du mir jetzt meinen Umgang vorschreibe?

Des net! Aber die hat eine annere Situation als du! Ihr Roland hat sie verlasse, Hals über Kopf. Nicht die feine Art, geb ich zu. Aber ...

Uff was will'sch denn jetzt raus?

Ich bin immer noch bei dir! Du brauch'sch mit teuere Klamotte nix ausgleiche!

Komm, lasse mer des!

Sie werkelt in der Küche. Kommt wieder zur Durchreiche.

Des wollt ich doch verzähle! In der Calwer Passage ware mer in einer Sushi-Lounge. Vom Ambiente her hätt des in Berlin sei könne.

Sag ich doch! Stuttgart hat sich zu einer Großstadt g'mausert.

Des Esse isch über Band komme. Hat genau vor uns g'halte.

Roher Fisch vom Förderband! Igitt! Hat euch des g'schmeckt?

Doch. Int'ressant. Ich sag mol so: Jeden Tag bräucht ich's net.

Des bräucht ich nie! Hat mer des Band net weiterdrücke könne, bis was G'scheits kommt?

Viele habe sogar mit Stäble g'esse. Ein Weltstadtpublikum!

Ja, bis die de Mund uffmache! Dann komme die Maultasche durch! Also den Bienzle hätt's von dem rohe Fischzeug g'schüttelt!

Du mit dei'm depperte Bienzle! Als Kommissar wär der heut nimme denkbar! Mit sei'm Dackelblick! In'me schwäbische Heimatfilm, ja! Aber net in einem Tatort-Thriller!

Ich brauch kain Thriller! Ein menschlicher Kommissar, der a mol melancholisch gucke kann, isch mir lieber als ein schießwütiger Rambo!

Aber so e paar Actionszene g'höre schon zum Tatort. Der Publikumsgeschmack ändert sich.

Ja, laider. Blödsinnige Verfolgungsjagde, wo se den Fuhrpark zu Schrott fahre! Sich aus fahrende Autos abrolle lasse! Wo der Kommissar im sechste Stock am Dachkendel schaukelt. Also sein Double. Hör doch uff!

Also des stimmt! Ein Double oder Stuntman hat der Bienzle wirklich net gebraucht! Wenn der mol sei Hütle verlore hat, war des Action genug!

Und? Mir hat des g'falle! Am Schluss habe die Handschelle geklickt. Fall gelöst.

Ja, dann hat er mit seiner Hannelore en Trollinger getrunke. Ich waiß.

Aber nur im Film! Als Bienzle. Des hat die Weingärtner-Genossenschaft im Vertrag vom Sender verlangt! »Kenner trinken Württemberger.« Als Privatmann hätt der so was net a'grührt!

Du könnt'sch doch noch e Fläschle aus'm Keller hole. Der langt uns nachher net.

Er geht in den Keller. Sie stellt inzwischen eine Platte mit belegten Brötchen und anderen Sachen auf den Tisch. Er kommt zurück. Öffnet die Flasche.

Die dekantier ich jetzt aber nimme.

Bitte net!

Er sieht die Platte mit den belegten Brötchen etc.

Oh, des sieht aber toll aus, Rena! Prima Idee!

Gell widder!

Des halbe Schnitzel sieht aber net grad mediterran aus!

Des habe mer uns am Freitag im Clubhaus ei'packe lasse. Des muss weg!

Ja dann! Serviette bräuchte mer noch. Un Besteck für des Schnitzele.

An alles gedacht, Schatz! Hier, voilà!

Perfekt!

Er beißt in eine Brotscheibe. Kaut genüsslich.

Knoblauch, frische Tomate – Bruschetta! Lecker!

Net mit vollem Mund, du Fressbärle!

Er, immer noch kauend.

Es isch was dra, wenn mer sagt: »Liebe geht durch den Magen.«

Sie schlängelt sich verführerisch an ihn.
Net nur. Also ich könnt mir noch was anneres vorstelle.

Er greift nach einem weiteren Brötchen. Sie schlägt ihm leicht auf die Hand.
Des isch aigentlich für nachher gedacht! Beim Tatort.
Es isch doch glei so weit! »Der nachfolgende Tatort verzögert sich um zirka 10 Minuten« hat's vorhin g'haiße. Die sin beinah rum.

Sie springt hoch. Er will sie festhalten.
Jetzt bleib doch! Wohin will'sch denn?
Lass! Ich will nur noch g'schwind dein Anzug für d'Reinigung rauslege! Bevor ich des nachher vergess!
Des hat doch Zeit! Will'sch de A'fang verpasse?
Wenn ich den Anzug morge früh glei wegbring, dann ha'sch den bis Mittwoch zur Trauerfeier!

Sie geht raus. Er mampft ein zweites Brötchen. Eine Olive flutscht ihm aus den Fingern, rollt unter die Couch. Er sucht auf den Knien, gibt auf, winkt ab.
Was soll's? Mediterran. Tritt sich fescht!

Er liest in der Programmvorschau. Ruft immer wieder laut in Richtung Schlafzimmer.
Es geht um einen Mafia-Clan, Renate! »Tschiller liegt mit einer Schussverletzung im Krankenhaus.« Hör'sch zu?

Keine Antwort.
»Obwohl er wegen eigenmächtiger Ermittlungen mit zwei fragwürdigen Todesschüssen, die er mit Notwehr begründet,

von dem Fall abgezogen ist, verlässt er noch im Flügelhemd die Klinik.« Typisch Schweiger, oder?

Keine Antwort.

Sag doch was! Au, des isch was für dich! »Bei seiner Flucht durch die Korridore kann der Zuschauer für einen kurzen Moment Schweigers knackigen Po bewundern.« Mach! Des kommt glei am A'fang!

Keine Antwort. Er schaut fern. Probiert von dem Schnitzel. Ärgert sich über das stumpfe Messer. Säbelt verbissen.

Herrgott, Renate! Jetzt komm doch! Was treib'sch denn so lang? Der Tatort geht los.

Jetzt, plötzlich sehr laut: Die Tatort-Erkennungsmusik! Renate kommt ins Zimmer, kreidebleich, mühsam beherrscht. Sie schmeißt das Anzugsakko in die Ecke. Sie schnappt die Fernbedienung vom Tisch, drückt den Ausknopf. Die Musik reißt ab. Das Wohnzimmer wird nur noch von der Leselampe beleuchtet. Er verschluckt sich. Springt auf.

Um Gotteswille, Renate! Was isch'n mit dir los? Was soll des?

Der Tatort wird verlegt! Live ins Wohnzimmer!

Du, ich hab Verständnis für jeden Blödsinn! Aber des geht zu weit! Gib des Ding her!

Gerangel um die Fernbedienung. Er hat sie am Ende. Will einschalten. Sie zieht vorher den Stecker raus.

Sag mol, spinn'sch du jetzt? Was isch denn in dich g'fahre? Ich will den Tatort sehe! Herrgottnochmol!

Ganz ruhig bleibe!

Sie drückt ihn unsanft auf die Couch, zieht die Leselampe rüber, sodass ihr Licht auf sein Gesicht fällt.

Stell des Ding weg! Des blendet doch! Was soll des überhaupt were?

Hocke bleibe! Ein Blender wird geblendet.

Was? Red'sch du jetzt a noch wirr? Langsam krieg ich Angscht vor dir!

Er versucht mehrfach aufzustehen. Sie in ernstem Ton.

Armin, wenn du jetzt kneif'sch, bin ich fort!

Worum geht's denn überhaupt? Ich begreif's net! Was soll des jetzt?

Sie nimmt die Fernbedienung. Er, erleichtert.

Gott sei Dank! Hab schon geglaubt, du bi'sch jetzt echt übergschnappt! An dir isch eine Schauspielerin verlore g'ange. De Stecker muss noch ...

Bleib! Finger weg von dem Stecker!

Sie benutzt die Fernbedienung als Aufnahmegerät fürs »Protokoll«. Legt es auf den Tisch und spricht hinein.

20 Uhr 30. Anwesend Armin und Renate Weber.

Spinn'sch du jetzt wirklich, Renate? Ich mach des Affetheater nimme mit! Ich guck jetzt den Tatort!

Sie kickt den Stecker außer Reichweite.

Es isch mir todernscht, Armin!

Herrgott, was denn? Erklär mir das bitte! Soll des en Sketsch sei? Bunter Obend in de Klapsmühl oder was?

Hier stelle ich die Fragen!

Oha, hochdeutsch sogar!

Colmar! – Was war genau?

Jesses, des Thema widder! Des hab ich dir schon hunnertmol verzählt! Tagelang hab ich deine Vorwürf aushalte müsse!

Ich möcht's aber nochmol höre!

Also, in Stichworten. Feucht-fröhliche Party im Ibis-Hotel ...

War diese Marketing-Tussi mit dem Pfeffer im Arsch – deine Worte – beim Ausklang noch anwesend?

Des waiß ich doch nimme! Wahrscheinlich net! Die hat am nächschte Morge schaffe müsse. – Sag mol, will'sch du mir unnerstelle, dass ich ...?

Armin Weber beruft sich auf Erinnerungslücken. – Keine Beweise!

Römisches Recht. »In dubio pro reo.« Reschpekt, Euer Ehren!

Also gut. Frühstück im Ibis-Hotel. Allein? Kann des jemand bezeugen?

Herrgott, Renate! Des wird mer jetzt zu blöd! Paar Kollege ware noch debei. Der Herbert Griesinger, der ...

Ja, s'isch gut! Mit dene kann mer sich abspreche. Wie war dein spontaner Urlaubstag in Colmar? Der Ablauf, bitte minutiös!

So genau kann ich des nimme sage. Ich hab mich halt treibe lasse.

Du war'sch im Unterlinden-Museum, ha'sch du mir g'sagt.

Klar! Des isch ein Muss in Colmar! Den Isenheimer Altar vom Lukas Cranach sollt mer schon mol g'sehe habe.

Von Matthias Grünewald, main'sch!

Von mir aus. Die verwechsel ich immer.

Wie bi'sch du in des Museum komme? Mit einer Sondergenehmigung?

Wieso? Des isch öffentlich!

Normal ja. Aber den Sommer über war des wege Renovierung g'schlosse!

Wer sagt denn des?

In den »Landesschau-Tipps« habe die des g'sagt. Das Unterlinden-Museum sei nach einem halben Jahr wieder im neuen Gewand für das Publikum geöffnet!

Tatsächlich? Ja, lieber Gott, was soll ich dazu sage? Vielleicht habe die an dem Tag grad net renoviert?

Also komm, bitte! War'sch drin oder net? Klare Antwort! Ja oder nein!

Jein! Des war so. Ich wollt vor dir net als Kulturbanause erscheine. Es war, wenn du so will'sch, eine Notlüge.

Zu Protokoll: Armin Weber gibt zu, gelogen zu haben. – Halt! Bleib! Mir sin noch net fertig!

Was dagege, wenn ich mir en Cognac ei'schenk?

Nur zu! Wenn's der Wahrheitsfindung dient. – Für mich net!

Ach so, hätt ich beinah vergesse. Du bi'sch jo im Dienscht, gell?

Er nimmt kopfschüttelnd mit dem Cognac wieder auf der Couch Platz. Er schlägt die Lampe etwas zur Seite.

So was Idiotisches! Aber bei Verrückte muss mer mitspiele. Sonscht were die aggressiv!

Sie, in scharfem Verhörton.

Wann genau ha'sch du dich an dem Verlängerungs-Montag entschlosse, noch eine weitere Nacht in Colmar zu verbringe?

Des waiß doch ich nimme! Irgendwann am späte Nachmittag. Oder am frühe Obend. Mensch, ich hab halt g'merkt, dass ich nimme fahre kann!

Mich int'ressiert nur, wo des Bett war! Der Portier vom »Ibis« hat sich an die Betriebsfeier erinnert. Auch an einen Monsieur Weber. Der hätte morgens dort ausgecheckt!

Sag bloß, du ha'sch dort a'grufe? Seit wann spionier'sch du mir ...?
Seit vorhin! Dringender Tatverdacht!
Dürft ich vielleicht mol austrete? Ich muss pinkle. Will'sch mit? Net dass ich durchs Klofenschter abhau!
Geh! Verschwind!

Allein verliert sie die Beherrschung. Bevor er zurückkommt, wischt sie sich die Tränen ab und strafft ihr Gesicht.
Na, isch dir drauße was ei'gfalle? Ich höre!
Hab ich dir des net verzählt! Also des war so.
Jetzt bin ich aber neugierig!
In Colmar war grad Weinmesse! – Des kann'sch du nachprüfen.
Weiter!
Sämtliche Hotels belegt! Oder reserviert. Ich hab aus dem Ibis rausmüsse. In der ganze Stadt kein Zimmer mehr zu kriege! Ich hab alles abgeklappert!
Un haimfahre wollt'sch net?
Doch! Tagsüber noch. Aber des war schon gege Obend. Mir war klar, dass ich mich nimme ans Steuer setze kann. Auch promillemäßig.
War'sch du betrunke?
Ach was! Aber des hat sich halt doch z'ammeg'läppert. Do e Gläsle Riesling, dort en Gewürztraminer aus Eguisheim, trocke ausgebaut.
Kein Weinseminar bitte! Zur Sache!
Ich hab schon überlegt, ob ich uff're Parkbank e paar Stunde schlofe soll! Es war jo net kalt.
Do war'sch aber arg verzweifelt!
Du, dann hab ich Glück g'habt! In einem Hotel war noch e Zimmer frei! Was sag ich – Hotel? Des war mehr eine Ab-

steige! Aber egal, hab ich mir g'sagt. Für eine Nacht geht's. Hauptsach, ein Dach überm Kopf!

Sie legt einen zerknüllten Zettel vor ihn auf den Tisch. Dazu ein paar Erdnüsse.

Erdnüss? Was soll ich demit?

Des war in deiner Kitteltasch!

Sag mol, stier'sch du in meine Tasche rum?

Nur wege der Reinigung. Aber des hätt ich öfter mache solle!

Die Nüss kann'sch fortschmeiße. Die sind noch von ...

Halt! Des Papierle net! – Protokoll: Armin Weber versucht, Beweismittel zu unterschlagen.

Des Idiotespiel mach ich nimme mit! Ich will jetzt Tatort gucke!

Später vielleicht. – Les!

Den verkrumpfelte Fresszettel?

Wart, den streich ich dir glatt! Da, dei Brill!

Des seh ich net bei dem Licht. Wird en Beleg fürs Finanzamt sei. Peanuts! Weg mit!

Dann les ich dir den Beleg vor. – »Au Maréchal. Hôtel Romantique.« So viel Französisch kann ich noch. »Doppelzimmer mit Frühstück 380 Euro.« War des deine Absteige?

Er starrt auf den Teppich, spielt mit den Erdnüssen. Nach einer Weile des Schweigens.

Kann'sch du mir erkläre, Armin, warum ein einzelner Mann in einem Romantikhotel ein Doppelzimmer bucht?

Herrgott, des hab ich dir grad g'sagt! Weinmesse! Ich war doch gottfroh, dass ich in dem scheiß Colmar überhaupt noch was kriegt hab! Die habe halt nur noch ein Doppelzimmer g'habt!

Und der Preis hat dich net abg'schreckt? So großzügig kenn ich dich garnet!
Mensch, ich war doch hundsmüd von der Sucherei! Nach dem Zimmerpreis hab ich mich vorher net erkundigt.
Sonscht hätt'sch des net g'nomme, gell?
Doch! Notgedrunge! Aber ich hätt dann baide Bette benutzt un länger geduscht.
Oder deine Schuh mit de Gardin geputzt? Wie damals in dem Hotel am Lago Maggiore?
Des Frühstück ha'sch übrigens vergesse könne. Stell dir vor, die habe sogar des Rührei extra berechnet!
Lenk net ab! Du ha'sch also dort eingecheckt. Was war dann?
Was soll g'wese sei? Nimme viel! Ich wollt nimme rumlaufe un suche. Ich war todmüd. Deshalb hab ich dort zu Obend g'esse.
Was genau?
Jesses, isch des so wichtig? Des waiß ich doch nimme!
Alles isch wichtig! Überleg! Du ha'sch Zeit.
Was Leichtes jedenfalls. Ich hab's! »Truite Aux Amandes«. Also »Forelle Müllerin Art«.
Mir ha'sch was von Elsässer Schlachtplatt verzählt.
Des war doch im Ibis! Am Tag vorher!
Entschuldigung! Hab ich verwechselt. – Du sitz'sch also im Speisesaal von dem Romantikhotel. Ein einsamer Mann, der was Leichtes esst.
Ha ja, uff d'Nacht!
Vernünftig! Beim Candle Light Dinner esst niemand Schlachtplatt. Schon weil mer vom Sauerkraut Blähunge kriegt. Des könnt mer net brauche.
Was soll des blöde Grinse jetzt?

Ich stell mir des grad vor. – Kerzelicht, verliebte Paare, romantisch gestimmt, dezentes Pianogeklimper. Dich mit deiner Forell mittedrin.

Mensch, ich bin mir in dem Lade doch selber blöd vorkomme! Und von wege mittedrin! Als Single krieg'sch du in Frankreich nur des Katzetischle an de Wand. Zwische de Klotüre!

Oh jeh, du Ärmschter! Nach'm Esse bi'sch dann sofort in dei Doppelzimmer. Wollt'sch mich noch a'rufe. Bi'sch aber beim Wähle vor Erschöpfung ei'gschlofe. War's so?

Net ganz. Des war später. Ich hab noch en klaine Verdauungsspaziergang durch des Viertel g'macht. Nennt sich »Klein Venedig«. Na ja, des isch e bissl übertriebe. Fließt halt en Bach durch. Ich komm jetzt net uff de Name.

Des isch jetzt a net so wichtig!

Doch! Es ärgert mich, wenn ich was vergess! Ich hab mir des noch mit einer Eselsbrück g'merkt. – Irgendwas mit G'müs!

Des steht über dei'm Hotelbeleg. Hier. »Vieux quartier pittoresque. Au bord de la Lauch«.

Genau! »Lauch« haißt des Bächle! Aber des Viertel isch wirklich schön. Fachwerkhäusle, lauschige Winkel, g'mütliche Weinstub.

An dene komm'sch du doch net vorbei!

Du kenn'sch mich! Natürlich net. So müd kann ich garnet sei. Ein Absacker isch immer drin!

Dann bi'sch noch irgendwo ei'gekehrt?

Du, des war so ein romantisches Plätzle! Holzterrasse über dem Bach, rote Geranie, Laternelicht. Sogar ein Akkordeonspieler.

Klingt wirklich sehr idyllisch.

Also des hat uns sofort g'falle!

Wem – »uns«?

Hab ich »uns« g'sagt?

Ja. Laut und deutlich!

Er schenkt sich bedächtig einen weiteren Cognac ein.

Ach so, ja! Des hätt ich vorher sage solle. Beim Esse hab ich mich mit einem jungen Paar am Nachbartisch unnerhalte, sehr sympathisch.

Wie des? Bi'sch du net an der Wand zwische de Klotüre g'sesse?

Doch, schon. Abe so weit war des net von ihrem Tisch weg.

Wie weit? Ein Meter, zwei Meter?

Herrgott, Renate! Was soll denn des? Werd widder normal! Leg des blöde Käschtle weg!

Ich bin normal. – Armin Weber verwickelt sich in Widersprüche!

Jetzt hab ich d'Nas voll! Was will'sch denn überhaupt von mir?

Nur die Wahrheit! Des junge Paar am Nachbartisch. Weiter bitte!

Holländer. Frisch verliebt. Uff Urlaub in de Flitterwoche. Die habe g'frogt, ob sie sich mir bei dem Spaziergang anschließe dürfte.

Un du ha'sch dich net g'wundert? So Flitterwöchner sin doch normalerweis lieber für sich.

Des hab ich a g'merkt! In der Weinstub hab ich mich diskret verabschiedet. So feinfühlig bin ich schon.

Die habe dich natürlich net zurückhalte wolle, oder?

Ich glaub, die habe des garnet mitkriegt.

Also gut so weit. Danach bi'sch du zurück zum Hotel. Allein?

Ja! Wie denn sonscht? – Sag mol, was will'sch du mir denn unnerstelle? Ab jetzt sag ich keinen Ton mehr! Wer bin ich denn?

Des wüsst ich a gern! – Ohne seinen Anwalt verweigert Armin Weber die Aussage.

Mir langt's! Wai'sch du was? Ich geh jetzt e Runde spaziere! Bis ich zurückkomm, tick'sch du vielleicht widder normal!

Er will aufstehen. Sie drückt ihn auf die Couch.

Moment! Der Fall steht kurz vor der Aufklärung!

Herrgott, schwätz net so g'schwolle deher! Ich krieg's an de Erbs!

Sie hält ihm die Rückseite der Hotelrechnung vors Gesicht.

Guck! 0 03 33 – Vorwahl von Frankreich!

Woher ha'sch du die Nummer?

Ganz ai'fach. Von dei'm Handy. Die war g'speichert. Ohne Name. In Klammer »Privat«.

Des gibt's doch net! Du schnüffel'sch haimlich rum?

Aber nur in dei'm Privatlebe! Die G'schäftsnummer mit Direktwahl int'ressiert mich net. Die wird sonntags net im Büro hocke.

Sag jetzt net, du ha'sch ...?

Doch. Ich hab mir erlaubt, dort anzurufe! Dringender Verdacht!

Er reißt an seinem Hemdkragen herum.

Soll ich dir deine Beta-Blocker hole, Armin?

Telefoniert? Mit meinem Handy?

Klar. Die sollt doch sehe, wer anruft!

Ich fass'es net! So was Durchtriebenes, Heimtückisches! So einen Vertrauensbruch hätt ich dir nie zugetraut!

Ich mir a net! Aber so wird mer halt!

Sie wird wütend.

Nemm du das Wort Vertrauen net in de Mund!

War sie dran?

Ja. Ganz kurz. Aber lang genug für mich.

Was – was hat sie g'sagt?

Net viel. Nur ein freudig überraschtes »Ah, c'est toi, Armin chéri!« Wie die mei Stimm g'hört hat, war se weg. – Noch vor Weber. Ich hab's sofort nochmol probiert – nichts! Komisch, gell?

Er will sich eine Zigarette anzünden. Sie schnappt ihm die Zigarette aus dem Mund.

Rauchverbot!

Er raucht an der offenen Balkontür. Eine Weile Schweigen.

Sag'sch jetzt nichts mehr ohne deinen Anwalt?

Es isch net so, wie du denk'sch, Renate.

Er schnippt die Zigarette weg, geht zur Couch. Will den Arm um Renate legen. Sie rückt von ihm weg.

Ich kann dir alles erkläre. Des war so ...

Des kann'sch dir spare! Ha'sch du was mit diesem Weib oder net?

Gehabt! Ich geb's zu. Mein Gott, des war ein Ausrutscher! Aber ich hab Schluss g'macht! Die Sach isch vorbei! Aus!

Am Telefon hat sich des aber net so a'ghört. Eher nach »merci chérie«!

Vielleicht macht die sich noch Hoffnunge. Was kann ich defür? Ich hab jedenfalls klar Schluss g'macht! – Ich schwör's!

Seit wann? Seit vorhin? Wai'sch du, was auf Meineid steht?

Net widder den Verhörton, Renate! Ich habe gestanden! Der Fehltritt tut mir leid! Ich wollt, ich könnt alles rückgängig mache!

Wirklich? Wollt'sch du des?

Des geht laider net! Hör zu, Renate. Des war für mich, wie g'sagt, ein einmaliger Ausrutscher. Lieber Himmel, ich bin halt mol schwach wore! Reichlich Alkohol im Spiel! Trotzdem Scheiße, ich waiß!

Zorntränen bei ihr.

Ich dumm Nuss hab dir vertraut! Du war'sch seither viermol in Colmar, Armin!

Betriebsbedingt! Mit einer Übernachtung im Ibis-Hotel! Auf Geschäftskosten! Weil die Umstellung auf SAP net klappt!

Du, das operative G'schäft kann mer auch im Ibis ganz vergnüglich ausklinge lasse! Vor allem, wenn's a noch bezahlt wird!

Des isch jetzt eine Unterstellung, Renate! – Nochmol. Die Frau war mir sympathisch. Ich geb zu, sie hat mir a noch e bissl g'falle. So ...

Geh'sch du mit alle Fraue, die dir sympathisch sin un dir e bissl g'falle ins Bett?

Schwätz doch net! Lass mich ausrede! – So hat des a'gfange. Des war nur ein Techtelmechtel!

Ach so? Ein Techtelmechtel? Des Wort hab ich schon lang nimme g'hört. Eine neckische Spielerei? Des klingt, als ob beinah nix g'wese wär!

Am Anfang war des so. Aber ich bin ehrlich. Dann isch's doch e bissl mehr wore. Lieber Gott, nach bald dreißig Jahr Ehe isch mir mol e Seitesprüngle passiert! In weinseliger Stimmung.

Will'sch auf mildernde Umstände raus? Verminderte Zurechnungsfähigkeit?

Ach was! Bitte hör uff, so zu rede! Mir sin net im Verhörraum! Sondern in unserm Wohnzimmer! Ich wollt nur sage, des mit der Kressel war eine alkoholbedingte, rein körperliche Verfehlung, sozusage.

Soll ich mich jetzt do drüber freue? Sieht die Jeanette Kressel des genauso?

Waiß ich net. Ich hoff's. Aber mit Liebe wie zwische uns kann'sch des net vergleiche! Nur en Seitesprung, mehr net!

Großartig! Vier, fünf Seitesprüng mit Alkohol ohne Liebe! Alle Achtung.

Jetzt übertreib doch net! Steiger dich net nei!

Sie birgt ihr Gesicht in den Händen, schüttelt heftig und fassungslos den Kopf. Schluchzt. Er wirkt dagegen fast entspannt. Gießt sich einen doppelten Cognac ein.

Ich wollt dir des immer sage. Des hab ich die ganze Zeit mit mir rumg'schleppt. Des hat mich bedrückt.

Ach hör doch uff! Des hätt'sch du gern noch e Weil mit dir rumg'schleppt! Wenn der Walter net g'storbe wär ...

Wie komm'sch jetzt uff de Walter?

Dann hätt ich die Hotelrechnung in dei'm Anzug net g'funne! Und du hätt'sch dein Doppellebe fröhlich weiterg'führt.

Für ein Doppellebe, wie du des nenn'sch, hätt ich schon garnet die Nerve!

Treue isch für dich also reine Nervesach?

Dreh mir des Wort net im Mund rum! Ich hab mich schon wege dem Seitesprüngle mit'me schlechte G'wisse rumgequält! Des war furchtbar!

Hör uff mit dem Gesülze! Soll ich dich a noch bedauere?

Es klingt für dich jetzt seltsam, Renate. Aber im Moment fühl ich mich erleichtert. Befreit irgendwie. Es isch endlich raus!

Aber bei mir isch's drin!

Er hat sich eine Zigarette angezündet. Keine Zurechtweisung von ihr.

Entschuldigung. War in Gedanke. – Balkon, gell?

Er will mit der Zigarette rausgehen. Sie steht auf.

Bleib sitze! Ab jetzt kann'sch du überall qualme. Sogar im Schlofzimmer. Nicht mehr mein Problem!

Renate! Was isch denn los? Wie main'sch denn des?

Wie ich's sag! – Lass mich vorbei!

Er versucht, sie zurückzuhalten.

Was ha'sch denn vor um Gottswille?

Steh mir net im Weg rum! – Ich geh!

Was? Was? Sag des nochmol!

Ich gehe! Ich verlasse dich, Armin!

Er stellt sich mit ausgebreiteten Armen vor die Tür.

Des kann'sch net mache! Jetzt, mitte in de Nacht. Du bleib'sch!

Er lässt sie nicht durch.

Des isch Freiheitsberaubung!

Von mir aus! Mir müsse doch mitenanner rede! Wie erwachsene Mensche!

Über was denn? Für mich isch alles g'schwätzt!

Mensch, was soll ich denn mache? Ohne dich?

Zum Beispiel in Colmar a'rufe! In aller Ruh. Ohne mich.

Bitte hör uff! Sei still!

Doch! Deiner Wagges-Schlamp sage, du hätt'sch endlich alles mit mir geklärt. Der Weg für euch sei jetzt frei.

Renate, bitte! Net weiter!

Ob die sich so arg freut, waiß ich allerdings net. Wenn die plötzlich so'n alte Sack am Backe hat!

Jesses, Renate! Des war doch nur ...

Ein Seitensprung! Ich waiß! Sage mer besser, es ware e paar Seitesprüngle. Im Rahmen des operativen Geschäfts!

Mein Gott, des isch mir ai'mol passiert! In dreißig Jahr Ehe!
Neunezwanzig! Den Hochzeitstag vergess ich nie!
Des kommt nimme vor, Renate! Versprech ich dir! Glaub mir bitte!
Was soll ich dir noch glaube, Armin? – Jetzt lass mich geh!

Er fällt auf die Knie, rutscht ihr hinterher, hält sie fest.
Ich lieb dich doch, Renate! Herrgottnochmol!
Armin, bitte steh uff! Mir sin hier net im Theater!
Du bi'sch doch die Frau, mit der ich alt were will!
Verlockende Aussichte! Damit kann'sch jetzt deiner Jeanette drohe!
Erwähn den Name net! Des isch net »meine«! Die Sach isch vorbei!
Komm jetzt hoch! Des isch doch peinlich! – Aber wo du sowieso grad do unne rumkrabbel'sch. Dort liegt de Stecker vom Fernseher!
Ja und? Was soll ich mit dem Ding?
Nei'stecke! Den Showdown vom Tatort kriegt mer noch mit.

Sie steckt den Stecker in die Steckdose. Er, plötzlich erleichtert.
Ach, so isch des? Bleib'sch doch? Wollt'sch mir en Schreck einjage? En Denkzettel verpasse? Also des isch dir gelunge! Jesses, komm her!
Armin, du ha'sch mich falsch verstanne! Ich wollt sage, du, also du kann'sch noch Tatort gucke. Ich bestimmt net!
Was? Ich werd noch verrückt! Mol so, mol so, ein Alptraum!
Du mu'sch halt richtig zuhöre! Also ich geh jetzt!
Nix! Es wird net g'ange! Du bleib'sch bei deinem Mann!

Sie geht langsam zur Tür. Bleibt nochmal stehen. Ruhig und ernst.

Armin, ich brauch Abstand.

Versteh ich! Aber deshalb mu'sch doch net fort! Ich kann heut nacht im Gäschtezimmer schlofe!

Der Abstand langt mir net!

Sie verlässt das Zimmer. Er springt auf, geht hinterher. Man hört die Stimmen aus dem Off.

Was gibt denn des? – Pack des Zeug widder aus!

Lass mich! Gib her! Geh aus dem Schlofzimmer raus!

Geräusch von Handgemenge. Scherben klirren.

Mensch, des war die Bodevas von meiner Mutter! Ein Erbstück! Majolika!

Um den Staubfänger isch's net schad!

Klatschen einer Ohrfeige. Dann kurz Stille.

Verzeih mir, Renate! Bitte! Des wollt ich doch net! Des isch doch garnet mei Art! Des ware d'Nerve! Die Vas hat Erinnerungswert für mich g'habt!

Häusliche Gewalt nennt mer so was! Des hat für mich jetzt auch Erinnerungswert! – Geh jetzt bitte raus, bevor des eskaliert!

Armin erscheint im Wohnzimmer. Er betrachtete verwundert seine rechte Hand, steckt sie in die Tasche. Wirkt kopflos, verwirrt. Sinnlose Verrichtungen. Gießt Topfpflanzen, verzittert das Wasser. Beißt in ein Brötchen, legt es weg. Renate kommt mit einem Rollkoffer. Er kauert mit hängendem Kopf auf der Couch. Schielt zu ihr rüber.

Geht's zum Flugplatz? Last minute Neuseeland?
Wie komm'sch denn uff so was?
Na ja, du brauch'sch doch Abstand, ha'sch g'sagt.
Du, mir isch's im Moment net zum Lache!
Mir a net! Wohin will'sch denn jetzt? So spät?
Des wird sich rausstelle. Hauptsach fort!
Zur Sonja? Oder zur Carola? Aber die hat selber g'nug am Hals. Also, wohin geht die Reise?
Des bind ich dir net uff d'Nas!
Dein Twingo isch in de Werkstatt. Du kann'sch de Audi nemme. Ich fahr solang mit de Stadtbahn ins G'schäft.
Wie? – Solang?
Bis Mittwoch. Trauerfeier vom Walter. Du komm'sch doch? Schon wege der Annegret!

Es klingelt an der Haustür.
Des Taxi! Ich muss los!
Von mir aus net! Bleib doch! Ich zahl dem Mann die Leerfahrt! Mit Trinkgeld! Komm her!

Sie gibt ihm einen flüchtigen Kuss auf die Wange. Schüttelt ihn.
Mach's gut, Armin! – Mensch, du alter blöder Kerl!
Uff de Backe? War's des schon?
Für intimere Zärtlichkeit bin ich nimme zuständig.

Es klingelt dringlicher. Sie geht. Er springt hoch, rennt dramatisch durchs Zimmer. Er brüllt.
Herrgott! Des kann doch net wahr sei! Träum ich nur schlecht? Was soll ich denn jetzt mache? So plötzlich ohne dich?

Sie kommt nochmal ohne Rollkoffer zurück.
Was mer um die Zeit sonntags immer g'macht habe!

Sie drückt die Fernbedienung. Unruhig flackerndes Fernsehlicht. Sehr lauter Schusswechsel mit sirrenden Querschlägern. Sie geht.

Zum Brunch komm ich net!

Sei mir bitte net bös, Franz. Zum Brunch komm ich net! Des isch net mei Sach. Nicht mein Event.

Ich mach lieber Breakfast g'mütlich dehaim in meine vier Wänd. Im Unnerhemd. Vor'm Dusche. Zwanglos bequem. Lunch fallt bei mir sowieso immer flach. Ich ess nie zu Mittag. Obends gibt's e g'scheits Dinner. Nachtesse halt.

Beim Frühstück will ich in Ruh Zeitung lese. Do kann ich niemand brauche. Ich will net schwätze, niemand zuhöre müsse. Also was soll ich bei so'me Brunch?

Dann hockt womöglich die Annegret nebe mir! Kann'sch du mir vielleicht sage, was ich mir der schwätze soll? – Tischkärtle? Des isch der doch egal. Des Kärtle steck die in ihr Handtasch. Die schleicht rum. Von Stuhl zu Stuhl. Sucht sich ein Opfer. Nebe der will niemand sitze. Am End bin ich immer der Depp! Nur weil ich so guck, als ob ich zuhöre wollt.

Außerdem. Sonntags bleib ich gern lang im Bett. – Um elf könnt mer ausg'schlofe habe? Stimmt! Hab ich! Aber wenn des um elf losgeht, muss ich um neun schon raus! Wenn ich ausg'schlofe hab, kann ich noch lang net fort. Und die Stadtbahn fahrt sonntags net oft. – Mit'm Auto? Also um die Zeit will ich noch net Auto fahre. Ich fühl mich net sicher. Ich reagier entweder zu schnell oder net. Dann, wie soll ich haimkomme? Auto vor der Wirtschaft steh lasse? Nach so'me Brunch setz ich mich nimme ans Steuer. Und nix trinke kann ich a dehaim!

Ich weiß, so ein Brunch mache heut viele Leut. Feine Sach. Dehaim hat mer kain Dreck. Die Wohnung bleibt sauber. Die Kocherei fallt weg. Der Catering-Service stellt des G'schirr, nemmt's nachher widder mit. Wunderbar! Soweit kann ich die Bruncherei versteh. Man wischt sich bloß de Mund ab, steht uff un kann geh. So stellt mer sich des jedenfalls vor. Schön wär's!

Aber vor allem denke die Leut, nachmittags um drei wär alles planmäßig vorbei. Dann wär der Brunch normalerweise rum. Sie könnte aus dem Sonntag noch was mache. Franz, des kann'sch vergesse! Ich kenn des inzwische. Des klappt nie! Obends um fünfe hocke die noch immer! Der harte Kern noch länger! Die verklumpe sich sozusage am letschte Tisch. Viel sin des vielleicht nimme. Oder es sieht nur nach weniger aus. Weil se enger sitze.

Dann geht's los. Du kenn'sch doch die Sprüch: »Noch e Fläschle! Warum net? So jung komme mer nimme z'amme!« Was will'sch mache? Des sin deine Gäscht! Die kann'sch net ohne dich hocke lasse! Des haißt, du mu'sch bleibe! Bis die Bedienung dem letschte in de Mantel helft. So! Und dann hat der noch ein Taxi bestellt. Oder bestelle lasse. Des kommt ewig net bei. Aber bevor der net in dem Taxi hockt, dem Chauffeur verständlich g'sagt hat, wo er wohnt, kann'sch du net fort.

Mensch, Franz. Ich will dir deinen Geburtstag net vermiese. Ich sag dir nur, der Sonntag isch naus! Nach einem Brunch fall'sch ins Bett. Schönes Wetter, grad egal. Sonntag oder net. Als ob mer in unserem Alter noch jede Menge sonnige Sonntäg hätt!

Ich übertreib? Horch, ich war vergangenes Jahr öfter zum Brunch ei'glade. Zuletscht ... ich waiß nimme wo. Jedenfalls hab ich net absage könne. Damals hab ich mir g'schwore, des war s'letschte Mol! Brunch in Zukunft ohne mich!

Diese durchgängige Fresserei! Vom Frühstück non stop ins Mittagesse nei! Beim Frühstück komme schon die Wärmebehälter. Endlich richtiges Esse! Alle renne beim Kaue zum warme

Büffet, lüpfe die Deckel. Als ob se am Verhungere wäre. In der Warteschlang immer des gleiche G'schwätz!

- In des Sößle könnt i mi grad nei'setze!
- Aigentlich wär ich schon satt. – Ich hab dir g'sagt, halt dich beim Frühstück z'rück!
- Heut sündige ich nochmal. Ab morgen gibt's Diät.
- Ich schlag nochmal zu. Darf ich dir auch nochmal auftun, Schatz? Deine Laktose-Intoleranz, ich weiß.
- Au, Zanderfilet! Ein Riesling, Frollein! Fisch muss schwimme!
- Mir spannt schon de Ranze. Mer sollt net glaube, was in ai'n neipasst, wenn mer ei'glade isch!
- Für mich als Vegetarierin ist die Auswahl begrenzt. Ich tendiere sogar in Richtung vegan. – Dort hat's Tofu-Frikadelle! Mach langsam, die esst dir niemand weg! Hier, e Schüssel Kopfsalat. Nur vorher gucke, ob kaine Schnecke drin sin! War nur Spaß.
- Des isch alles viel zu viel! Möchte net wisse, was die fortschmeiße müsse! Mir blutet s'Herz, wenn ich dra denk! Wo annerscht verhungere Kinner!
- Horch, wenn mir nix esse, geht's dene a net besser!
- Dabei isch's doch so. Heute komme d'Leut nimme wege'm Esse!

So um drei kommt der tote Punkt. Die ganze G'sellschaft hängt rum. Hundsmüd vom Trinke un Esse. Kai Wunder. Nach Schnitzel »satt«. Nach Gulasch mit Spätzle »all you can eat«. Nach Lammbrate mit Kartoffelgratin »bis zum Abwinke«. Jetzt wird verdaut, gegähnt, uff d'Uhr geguckt. Sie habe des Abwinke vergesse. Manche verabschiede sich jetzt. In dem Stimmungstief.

Nur den harte Kern wir'sch ums Verrecke net los! Der trinkt sich in Stimmung für später!

Franz, bitte versteht mich! Zu dei'm Brunch-Geburtstag will ich net komme! Ich bin net stur! Nur konsequent! Vorschlag zur Güte. Kompromiss: Du ladsch mich net ei. Ich bin dir net bös. Und umgekehrt. Du nemm'sch mir net übel, dass ich net komm. Weil ich net ei'glade bin.

Was isch denn los, Franz? Jetzt renn doch net fort. Wart! Herrgottnochmol! Vielleicht komm ich doch zu der blöde Bruncherei! Nur dir zulieb! Aber lang bleib ich net! Eventuell komm ich später vorbei. Um elf noch net. Sage mer, am frühe Nachmittag gege drei. Wenn der harte Kern noch z'ammehockt, bin ich dabei!

Des Nebezimmer vom Kühle Krug

Ach Gott
sin die alt wore!

denk ich verschreckt
im erschte Moment
ewig lang nimme g'seh
der Zeitraffer-Effekt!

graue Haarkränzle, polierte Schädel
statt blonde Pferdeschwänzle
g'färbte Oma-Dauerwelle
der Klassekaschper hat Kummerfalte

also im Vergleich
hab ich mich gut g'halte!

ich hätt die Gisela schon lang vergesse
wär die bei dem Klassetreffe
im Nebezimmer vom Kühle Krug
net nebe mir g'sesse

jetzt wo die des sagt
fallt's mir widder ei
in die soll ich damals verliebt g'wese sei?
sie sogar e bissl in mich
ob ich des wirklich nimme wüsst?
beim Herzklopfe, Zettele schreibe
sei's allerdings gebliebe
es sei halt zu früh g'wese
für die große Liebe

ich denk mir – zum Glück!
do isch mir was entgange
besser g'sagt
erspart gebliebe

die zarte Gila aus de Schul
braucht heut zum Sitze
noch die Hälfte von mei'm Stuhl

bis um zehn ungefähr
bin ich immerhin dort g'sesse
in dem Nebezimmer vom Kühle Krug
hab zwai Viertel Betschgräbler getrunke
Jägerschnitzel mit Pommes g'esse
von der Unterhaltung her
ware zwai Stunde lang genug

Smartphone-Bilder mit Enkel
hab ich bewundere müsse
ich hab erfahre
dass die mit'm Kreuzfahrtschiff
vergangenes Jahr am Nordkap
dies Jahr in der Karibik ware
all inclusive, Hotel schwimmt mit
acht Bordrestaurants
zum wahlweis Essegeh
bequemer könnt mer d'Welt net seh
Außenkabine, wunderbar
ich hab g'staunt un g'nickt
obwohl's für mich ein Albtraum war
die Elke hat g'sagt
auf Landgänge müsst ihr Rolf
momentan noch verzichte
Malheur mit seiner Knieprothes

des war das Stichwort
für alle Krankeg'schichte
jede Menge neue Hüfte
Männer tausche sich aus
Getröpfel beim Wasserlasse
sie müsste oft dringend
dann käm kaum was raus
des sei im Alter normal
mit der Prostata
der Ewald hat den dritte Bypass
er kriegt widder Luft, einwandfrei
die Ingrid hat's an der Wirbelsäul
bei der OP müsst was schief g'laufe sei

sie könnt vor Schmerze kaum noch steh
ich schlupf in mein Kittel
sie holt aus zum Operationsbericht
es wird Zeit dass ich geh

ich bedank mich für die Einladung
beim Spandel Franz
den des G'schwätz im Raum net stört
ich muss mit ihm schreie
weil er trotz Hörgerät schlecht hört
er war früher unser Klassesprecher
talentiert für so organisatorische Sache
er sagt, dass ich des Rundschreibe krieg
sie wollte ab jetzt jedes Jahr
so ein Klassetreffe mache
ob mei Adress noch stimmt?

ich häng müd in der Stadtbahn
die über gut zwanzig Statione
quer durch die Stadt heimwärts geht
bei g'schlossene Auge
dass ich besser nach inne seh
lass ich die Versammlung
im Nebezimmer vom Kühle Krug
Revue passiere
hör nur die Durchsag vor de Haltestelle
des Schlage von de Automatiktüre
G'sichter von damals schillere durch
wie wenn mer ein Vexierbild dreht
jetzt kippt in früher um
ich komm in ein schläfriges Sinniere

die Zeit formt als Basismodell
mit leichte Variatione
äußerlich zwai Sorte Leut
nach dem Bauprinzip
Gotik oder Barock

die Barocke schieße üppig ins Kraut
bei dene drückt's überall raus
die habe jedes Lebensjahr
weiter um sich rum gebaut
ihr Hals geht weg
wird zur Speckmanschett
weil des so schleichend geht
merke die des selber net
oder zu spät
die kriege schwere Hängebacke
Schweinsäugle, Lachtränesäck
die Gürtel were Loch für Loch länger
ihre Kittel immer enger
die kriege wenig Falte
ihr Haut bleibt straff g'spannt
muss den Innedruck aushalte

bei dem gotische Typ
verlauft's grad umgekehrt
der schnurzelt eher z'amme
die schrumple in sich nei
kein Gramm Fett uff de Rippe
nur Haut un Knoche
zwischedrin noch muskulös
knorzige Wade
Krampfadere wölbe sich raus
des sin drahtige Seniore gebliebe
Wandervögel, viel Sport getriebe
die ware früher schon mager
sin jetzt spitzig und hager
die wirke noch immer durchtrainiert
habe ahnungsweis noch Kraft

aber ich kann mir net helfe
die sehe irgendwie aus
wie haltbar g'macht
fürs Jenseits konserviert
halt e bissl mumienhaft

so oder so
schöner wird niemand
wenn die Zeit an ihm schafft
in seltene Fäll
vielleicht int'ressant

ich guck aus'm Fenschter raus
»der Zug hält nur bei Bedarf«
in der Nacht seh ich mei Spiegelg'sicht
in der verkratzte Stadtbahnscheib
also für alles was war
seh ich net so schlecht aus
es könnt schlimmer sei

ich versuch zu lache
es gelingt mir ganz gut
was soll mer denn mache?

so isch's halt wore
manche ziehe zu viel Saft
annere verdorre.

Nur des chronische Zeug

Danke, soweit geht's mir gut
aber es könnt besser geh
wär nur des chronische Zeug
net plötzlich so akut

bisher war alles
so schön latent
hat mich nie g'stört
jetzt wird's virulent
uff de letschte Drücker!

Mensch, noch e paar Jährle vielleicht
dann hätt ich's doch g'schafft
so halbwegs g'sund
durch s'Lebe zu komme
immer nur Verdacht
aber kein klarer Befund
dann wär's doch sowieso vorbei
jetzt geht es noch los
mit der Arztrennerei!

»abusus« auf dem Diagnoseblatt
halt doch was Wert
wenn mer Latein g'lernt hat
frei übersetzt
»Des Guten viel zu viel«

aber mein Gott!
des war doch grad des G'würz
bei dem schöne Spiel!

wird jetzt Vergnügungssteuer
für des ganze Lebe
rückwirkend abkassiert?
die Totale präsentiert?

zwische neun und zwölf
hock ich neuerdings immer
mit dem Kärtle von der AOK
und meinem Überweisungsschein
in irgendeinem Facharzt-Wartezimmer
als ob mer sonscht nix zu schaffe hätt!

ich blätter in farbige Heftle
wo kriselt's in der Ehe?
wer war mit wem im Bett?
dass die Monaco-Caroline 60 wird
hätt mich früher net int'ressiert
über Schlagerprominenz und Adelshäuser
bin ich heut laufend informiert

zur Ablenkung les ich jeden Dreck
bis ich meinen Name hör
dann spring ich hoch
schmeiß des Blättle weg
aus der Praxis komm ich raus
stopf mir des Hemd in d'Hos
nach der lange Warterei
für fünf Minute bloß

Merkzettel für den neue Termin
in der Tasch ein Rezept
für verschiedene Tablette
dehaim en Cognac uff den Schreck
schon widder abusus?
zwai Zigarette

vom Angiologen zum Kardiologen
dann zum Pneumologen
volles Programm
am Freitag Radiologie
innedrin was gucke
komisch nur
beim Urologen war ich noch nie
aber des wird schon noch komme

danke, mir geht's gut soweit
sage mer, net schlecht
wenn des chronische Zeug net wär
könnt ich mich net beklage
jetzt nemm ich mir die Zeit
die Gesundheit geht vor!
muss ich mir endlich sage

was mich e bissl ärgert
wenn ich so überleg

ich hab noch nie im Lebe
mehr Geld in d'Apothek
als in d'Wirtschaft getrage.

Pfifferling-Sommer

Vor der Bäckerei hab ich in die Butterbrezel gebisse. Sie war noch warm. Bei frische Backware kann ich nie bis zu meiner Wohnung warte. Von einem Baguette brech ich des knuschprige Knäusle ab un kau unnerwegs. Von einer Butterbrezel hab ich dehaim nur noch des trockene Mittelstück in meiner Guck. Deshalb kauf ich immer zwai. Eine »to go«. Ich wollt nochmol in den Lade, mir von dem Stehtischle e Serviett aus dem Ständer zupfe. Um meine Butterfinger abzuwische.

In dem Moment kommt eine junge Frau auf mich zu. Freudestrahlend. Ich hab mich umgedreht. Die maint sicher jemand hinner mir. Normal passiert so was eher bei ältere Dame.

Aber sie lacht mir ins G'sicht. »So ein Zufall! Der Autor persönlich! Also dass Sie mir grad jetzt über de Weg laufe!« Sie reißt Geschenkpapier von'me Buch. Mein Bild uff'm Deckel. Portrait. Nachdenklicher Blick ins Weite. Heiter melancholisch. Wie Dichter halt maine, dass se gucke müsste. Grad hätt sie des Buch gekauft. Für ihren Mann. Der sei ein totaler Fan von mir. Hätt einige Bücher, aber des noch net. »Sie, der lest mir manchmol im Bett draus vor un dann ...«

Die hat lebhaft verzählt. Es isch so aus ihr rausg'sprudelt. Des war morgens um neun. Ich hab ihr net folge könne. Um sie zu unnerbreche, hab ich g'sagt: »Des isch ein älteres Buch. Damals war ich noch jünger.« Ein blöder Satz. Sie hat des Bild mit mir vergliche. »Ach, Falte mache Männer doch erscht int'ressant!« Des isch mir runnerg'laufe wie gutes Olivenöl. Ich bin mir verdattert übers G'sicht g'fahre. »Also ich waiß net. Aber wenn Sie des sage.«

Ich muss ziemlich int'ressant ausg'sehe habe. Noch net geduscht, nur notdürftig zurechtg'macht.

Frühstücksache hole, Zeitung, Zigarette isch für mich wie ein Ausfall aus meiner Wohnung. In der Hoffnung, niemand zu treffe, der mit mir schwätze will. Ich bin noch net auf Empfang, schon garnet auf Sendung. Im Sommer bin ich barfuß in meine Schuh. De Gürtel hab ich grad so zugezoge, dass mir d'Hos mit'm Geldbeutel drin net ganz runnerfalt. Die Verkäuferinne kenne mich so. Mit handgekämmter Bettfrisur, noch nass vom Styling unnerm Wasserhahn. Die wisse, dass ich freundlich, aber wortkarg bin. Am Samstag krieg ich automatisch mein Hefekranz mit Rosine. Die Kioskfrau greift meine Zigarettemarke aus'm Regal, wenn sie mich sieht. Sie faltet mir die Regionalzeitung, lasst vorher die Reklameblättle in den Papierkorb rutsche. Wenn die Lottospieler Schlange stehe, nemmt sie mich zwischedurch. Ab und zu e bissl Small Talk, wo mer de Kopf net braucht. So was geht. Wenn des Kaffeewasser durch den Filter getröpfelt isch, dann bin ich normalerweis dehaim.

Hätt ich g'wüsst, dass ich vor'm Frühstück mit so einer Frau in Kontakt komm, hätt ich ausnahmsweis vorher geduscht. Hätt mir sogar so ein erbsegroßes Würschtle von meiner Männer-Pflegekrem ins G'sicht g'schmiert. Gut, lang hebt des net. Für e halbe Stunde vielleicht. Aber des hätt doch g'langt. Sie hätt immerhin g'merkt, der Mann pflegt sich so gut es geht.

Sie streckt mir des Buch entgege. »Bitte, könnte Sie mir für mein Mann was nei'schreibe?« – »Gern. Habe Sie was zum Schreibe?« Sie hat in ihrer Handtasch gekramt. Hat bis zu de Elleboge drin rumg'wühlt. Immer hektischer. »Des gibt's doch net! Ich weiß genau, dass ich den ... oder hab ich den im Buchlade vergesse? Ich hab mit Karte bezahlt. Könnt des sei?« Sie guckt zu mir hoch, als müsst ich des wisse. Ich versuch, sie zu beruhige. »Langsam. Der wird schon irgendwo sei.« Mein Vorschlag, ich könnt in der Bäckerei en Kuli borge, überhört sie. Sie hat e blonde Strähn aus de Stirn gepuschtet. »Des lasst mir jetzt kai Ruh! Des war ein Mont Blanc!« Sie kippt ihr Tasch uff dem Sockel vom Schaufenschter aus. Kosmetikzeug, e Tamponschächtele, Autoschlüssel, bestickte Beutele, Sonnebrill, Notizbüchle, Pfefferspray, Haarspange, jede Menge Krimskrams fallt raus. Sogar e Schneckehhäusle. Ihr Smartphone hat sie grad noch auffange könne. Beim Schüttle von der umgedrehte Tasch endlich der Kugelschreiber. Sie war erleichtert. »Ich hab's doch g'wusst! Des wär was g'wese! Geschenk von mei'm Mann.« Ich bück mich morgens net gern. Beim Z'ammelese von dene Sache helf ich ihr trotzdem. Klar. Sie bräucht dringend e annere Tasch, hat se g'sagt. Übersichtlicher, mit mehr Fächer drin. Ich hab nix g'sagt.

Ich wollt des Buch erscht im Stehe signiere. Uff'm hochgezogene rechte Schenkel. Schwierig. Sie hat mir ihren Rücke als Schreibunterlage zugedreht. Net de »Buckel«, wie des bei uns oft haißt. Es war ein schöner Rücken, feingliedrig, gebräunt, zarter heller Flaum. Nebe ihre Spaghettiträger, am Schulterblatt, ein winziges Rösle. Normal mag ich Tattoos bei Frauen net. Bei Männer war's mir egal. Aber bei ihr hat mir des g'falle. Es war geschmackvoll, feminin, dezent. Bei dicke, sage mer, stark gebaute Fraue schreckt mich so was direkt ab. Des war e schönes Rösle.

Ich waiß net warum, ich hab mich plötzlich frischer g'fühlt. Wacher. Vielleicht war durch die Bückerei nach ihre Sache mein Kopf besser durchblutet. »Vorschlag«, hab ich g'sagt. »Dürft ich Sie zu'me Tässle Cappuccino oder was ei'lade? In dem Straßecafé an de Eck? Oder habe Sie's eilig?« Dort könnt ich des Buch am Tisch signiere. Ganz in Ruh. Sie war freudig überrascht.

»Gute Idee!« Sie hätt heut frei. »Aber habe Sie denn so viel Zeit?« Ich hab souverän g'lächelt. Halt wie ein Freiberufler. »Die nemm ich mir! Lieber Gott, wenn ich nur alles so hätt wie Zeit! Ich mach grad Sommerpaus.« Wir schlendere in Richtung Café.

Die Sonn hat schon g'stoche. Den Sonneschirm hat mer brauche könne. Ich schieb mein Cappuccino beiseit, streich zum Signiere vorsichtig die erschte Buchseite glatt. En Fettfleck! »Herrgott, die blöde Butterbrezel!« Ich wollt ihr ein neues Exemplar von dehaim hole. »Ich wohn doch grad dort, gucke Se! In drei Minute bin ich zurück.« Sie zieht mich am Hemdärmel widder zum Stuhl. Ich proteschtier. »Fettdopser in'me neue Buch! Des geht doch net!« Sie lacht. »Doch! Des isch halt live! Wie sagt mer? – Authentisch!« Ich hab resigniert. »Wenn mer's so sieht.« Ich hab mich kurz entschuldigt. Im Lokal hab ich mir mit Waschlotion aus'm Spender d'Händ g'wasche. Sorgfältig. Dass es net noch authentischer wird.

Der Mont Blanc schwebt überm Titelblatt. »So jetzt. Was soll ich Ihrem Mann ins Buch schreibe?« Sie hat ihr Sonnebrill über die Stirn g'schobe. Blickt erwartungsvoll zu mir rüber. »Als Dichter fallt Ihne doch sicher was ei.« Längere Paus. Ich formulier im Kopf verschiedene Wendunge. Sie will mir helfe. »Irgendwas Persönliches halt. Es muss net viel sei.« Ich reib mir d'Stirn. »Schwierig. Ich kenn doch Ihren Mann net!« Ich überleg. Sie überlegt halblaut mit. Dann beugt sie sich über de Tisch. »Ich hab's! Schreibe Sie doch einfach ›Für meinen lieben Schnufflbär‹. Des langt! Ihren Name, Datum. Fertig!«

Ich schreib erleichtert los. Nach »Für ...« brech ich schon ab. »Halt! Des kann ich net schreibe – Schnufflbär!« Sie wird rot. »Wieso denn net? So sag ich manchmol zu ihm.« – »Sie vielleicht. Aber ich doch net! Verstehe Sie?« – »Nö, net so ganz.« Ich erklär's ihr nochmol. »Schnufflbär isch Ihr Kosewort für ihn, oder?« – »Net immer, aber ab und zu. Doch, ja.« – »Also. Deshalb kann ich ihn so net nenne! Schon garnet ›mein‹ Schnufflbär. Des isch doch Ihrer! Klar jetzt?« – »Schon irgendwie, ja. Er hätt sich halt g'freut.« Sie war net überzeugt. Ich hab nochmol ausg'holt. »Stelle Sie sich vor, er lest ›Für meinen lieben Schnufflbär, Ihr Gerald Kannengießer‹. Klingt komisch. Oder net?« Sie zieht ihr Handtasch von der Stuhllehn. »Entschuldigung. Muss mal für kleine Mädchen.« Ich hab mich noch erkundigt: »Wie haißt denn Ihr Mann richtig?« – »Udo.« – »Des muss mer wenigschtens net buchstabiere«, hab ich g'lacht. Ich guck ihr hinnerher, wie sie durch die Tischreihe schwänzelt. Tolle Figur!

Sie war länger weg. Gut fünf Minute. In der Zeit hab ich des Buch mit kurzer, aber doch persönlicher Widmung signiert. Wie sie mir widder gegenübersitzt, wär mir beinah die saublöde Bemerkung rausg'rutscht: »Oh, habe Se e bissl was an sich g'macht?« Ich hab's mir grad noch verkneife könne. Was Fraue im Klo so alles treibe! Aber ich muss sage, es rentiert sich. Hoppla!

Ich schieb ihr des signierte Buch rüber. »Hier, ich hab Platz g'lasse für Ihre extra Widmung mit dem Schnufflbär. So kann mer des doch mache. Getrennt.« Sie schiebt ihr Sonnebrill hoch, lest. Über den Rand von dem Bierreklame-Schirm kippt die Sonn. Blaue Auge. Beinah aquamarin. Mit grüne Lichtpünktle g'sprenkelt. Wie bei manche Katze. Schad, dass se nach'm Lese die Sonnebrill widder uffsetzt. Sie kratzt mit'm Löffel im Zuckersatz vom Cappuccino. Sagt nix. »Was net in Ordnung?«, will ich wisse. »Mit der Widmung?« – »Mein Mann haißt Udo. Sie habe »Für Bodo« g'schriebe.« Ich spring vom Stuhl hoch. »Was? Des gibt's doch net!« Sie dreht des Buch um, tippt uff die Stell.

»Hier, gucke Se!« Ich schlag mir vor d'Stirn. »Tatsächlich! Ein Freund von mir heißt Bodo! Hab ich scheint's verwechselt. – So, jetzt hol ich von dehaim ein neues Exemplar! Nur e paar Schritt. Bin sofort ...« Sie verstellt mir de Weg. »Ach was! Sie streiche Bodo sauber durch und schreibe Udo drüber!« – »Wie soll ich denn was sauber durchstreiche? Wie sieht denn des aus?« Wie aus einem Mund kommt: »Authentisch!« Wir müsse baide lache.

Zum Durchstreiche nemm ich als Lineal mei Zigarette-Etui. Seit diese Schockbilder von schwarze Lunge uff de Packunge sin, sortier ich alle Zigarette in des elegante silberne Etui. Ein väterliches Erbstück. Mit Gravur.

Sie sagt, ihr Udo hätt Humor. Über so was würde der lache. Des sei für ihn im Moment besonders wichtig. Lache könne. Ich spür ihr Hand auf meinem Arm. »Könnte Sie vielleicht noch »Gute Besserung« oder so was dazuschreibe? Wenn's nimme nei'passt, in Klammer.« Sie wirkt plötzlich bedrückt, als sei ihr e fröhliche Mask vom G'sicht g'falle. Ich hab g'frogt: »Was hat er denn? Hoffentlich nix Schlimmes.« Sie lasst sich Zeit mit der Antwort. Sagt dann: »Schlaganfall.« – »Oh, Scheiße!«, rutscht's mir raus. Sie schildert mir, wie des passiert isch. Er hätt bei alldem noch Glück g'habt. Es sei schnell g'ange. Krankehaus mit einer Stroke Unit. Inzwische sei er dort entlasse. Die Ärzt hätte ihr Hoffnung g'macht, dass eventuell nichts zurückbleibt. Zurzeit sei er zur Reha in Bad Schönalb. Voraussichtlich drei Woche.

»Macht er Fortschritte?«, wollt ich wisse. »Ja, deutlich! Die mache dort viel mit ihm!« Sie hat lebhafter verzählt. Die Lähmungserscheinunge ginge zurück. Den rechte Arm könnt er beinah widder voll bewege. Er hätt sogar widder Kraft drin. Nur die Feinmotorik in de Hand müsst er noch trainiere. Sie seufzt: »Aber er hat kai Geduld! Es geht ihm net schnell genug! Der

Udo isch ein Körpermensch, en Schaffer. Der muss immer was umtreibe!« Sie schnauft tief. »Ich hoff, des wird widder!«

Ich fass unwillkürlich nach ihrer Hand. Ich verzähl ihr von'me Bekannte, der nach so'me Schlägle widder Tennis spielt. Sogar besser als vorher. »Sie, gege den hätt ich heut keine Chance!«

Den Bekannte gibt's net. Ich hab noch nie Tennis g'spielt. Aber wenn mer jemand Mut mache kann, derf mer a e bissl schwindle, oder? Ich hab jedenfalls g'spürt, dass ihr des guttut.

Ins Buch hab ich statt »Gute Besserung« im Dialekt g'schriebe: »Kopf hoch! A wenn de Hals dreckig isch. Des wird schon widder! Mit e bissl Geduld!« Sie war hin und weg.

Bis gege Mittag sin mer in dem Café g'sesse. Bei angeregter Unnerhaltung. Ich hab sie zu'me Glas Prosecco Aperol überredet. Erscht hat sie g'sagt: »Danke, lieber net.« Sie müsst noch Auto fahre. Um fünf ihren Udo besuche. Nach dene Anwendunge. Ich prost ihr zu mit meinem Glas Rosé, wink lässig ab. »Bis heut Obend isch des bissl Alkohol versurrt!« Nach dem erschte Supfer durch des Trinkröhrle hat sie sich wohlig g'streckt, d'Händ überm Kopf verschränkt. »Ein herrlicher Sommer!« Sie käm sich vor wie im Urlaub. Des Rede mit mir hätt ihr richtig gutgetan.

Schließlich hat sie in ihrer Tasch nach'm Geldbeutel g'sucht, wollt bezahle. Sie würd gern noch bleibe, aber hätt' noch einiges zu erledige. »Lasse Se Ihren Geldbeutel stecke! Sie sind natürlich ei'glade«, hab ich g'sagt. Net dass die widder die Tasch auskippt. Sie gibt mir d'Hand. »Danke, dass Sie sich die Zeit g'nomme habe. War toll!«

Ich guck ihr hinnerher, wie sie Richtung Parkhaus geht. Ein schöner, graziler Gang. Sehr weiblich, aus der Hüfte raus. Ein Jammer, denk ich, diese Frau sieh'sch du niemehr. Plötzlich bleibt sie steh, als müsst sie überlege, wie's weitergeht. Sie dreht um, kommt zurück. Ich guck unner de Tisch. »Habe Sie was vergesse?« Sie setzt sich mir gegenüber. Nur mit halbem Po. Sie druckst rum. »Ich wollt ... wollt Sie um was bitte. Es isch e bissl unverschämt, ich weiß. Aber Sie könnte jederzeit nein sage, gell!« Ich ermunter sie lächelnd. »Bei Ihne däd mir ... würde mir des allerdings sehr schwerfalle.« Ich bin e bissl ins Hochdeutsche verkomme. Vielleicht von dem frühe Rosé uff de leere Mage. Sie hat Luft g'holt. Es platzt aus ihr raus: »Würde Sie mol mitgehe, wenn ich meinen Mann besuch? Der würd sich riesig freue!«

Auf die Bitte war ich net g'fasst. »Denke Sie wirklich, dass der sich drüber freue däd?« Sie setzt sich jetzt ganz. »Und wie!« Des könnte sogar zu seiner Genesung beitrage! Ärzte und Therapeute hätte ihr g'sagt, die völlige Wiederherstellung hinge oft auch vom Willen und der positiven Einstellung des Patienten ab.

Ich hab ihr zug'stimmt. Ja, des sei wichtig. »Der Willi hätt des ohne seinen eiserne Wille und seinen Optimismus nie g'schafft!« Wie ich so schnell uff den Name Willi komme bin, waiß ich net. Vermutlich der Gleichklang von »Wille« und »Willi«.

Sie blickt erwartungsvoll zu mir rüber. Ich überleg. Dann schlag ich mit der flache Hand uff den Blechtisch. »Alla, gut! Wann?«

Sie war wie befreit. »Des überlass ich natürlich ganz Ihne.« Ich hab ihr vorg'schlage: »Von mir aus heut Obend! Warum net?« Alles annere wär mir in dem Augeblick wie unterlassene Hilfeleistung vorkomme. Zudem hab ich so die Frau widder sehe könne. Schon in e paar Stunde! Sie wollt mich in ihrem Auto mitnemme. Mir habe Zeit und Treffpunkt vereinbart. Beim Gehe hat sie mir im freudige Überschwang en Kuss uff de Backe gedrückt. »Danke, vielen Dank!« – »Des isch doch selbstverständlich«, hab ich g'sagt. Vom Marktplatz hat sie mir nochmol zug'winkt.

Ich hab mich in dem Bistrostuhl zurückg'lehnt. Ich hab des gute Gefühl genosse, ein guter Mensch zu sei. Ein richtiger Volksdichter. Der wie ein Hausarzt vom alte Schlag in seiner Freizeit noch Hausbesuche macht. Aus Berufsethos. Sogar ohne Honorar. Die Aussicht, die Frau widder zu treffe, hat mich für alles entschädigt.

So hab ich die Petra kenneg'lernt. Eines Morgens Ende Juli. Vor'm Frühstück. Den Kaffee dehaim hab ich wegschütte müsse. Er war bitter durch des lange Köchle. Ich hab noch nie so lang gebraucht, um ein Buch zu signiere, des nachher so authentisch ausg'sehe hat.

Punkt 17 Uhr hat sie mich, wie ausg'macht, vor meiner Haustür abg'holt. Sie hat net klingle müsse. Ich hab schon unne g'wartet, frisch geduscht. In'me weiße Freizeithemd vom Tschibo. Kurzarm. So was trag ich normalerweis net. Ich hab des erscht beim Auspacke g'merkt. Ich hab nur uff des Etikett geachtet. »Non iron«. Bügelfrei.

Ich kletter so geschmeidig wie möglich in ihren rote Mini Cooper. »Und? Geht's?«, hat sie g'frogt. – »Ja, irgendwie. Moment. Ich sitz!« Ich hab den Gurt hinne rechts net zu fasse kriegt. Schulterprobleme nach'me Radunfall. Sie schnallt sich los. »Warte Se, ich mach des.« Sie rutscht zu mir her, beugt sich über mich. Ich dreh s'G'sicht zum Autodach, dass ich ihr net in de Ausschnitt gucke muss. Ganz hat sich's net vermeide lasse. Weißer Spitzen-BH, zierliche Größe. Funktional net notwendig. Eher weibliches Accessoire. Ich hab immer nur Fraue gekannt, die so was wirklich gebraucht habe. Manche sogar dringend. Was mer beim Weggucke net alles sieht un denkt!

Sie fahrt mir zu schnell durch des idyllische Schwarzwaldtal. Vor Kurve brems ich mit. »Auf der Streck passiert viel«, sag ich scheinbar beiläufig. Sie lacht. »Habe Sie Angscht?« Ich schüttel de Kopf. »Des net. Ich main nur. – Achtung! Die Kurv zieht sich z'amme!« Sie bremst leicht ab. Barfuß. Ihre Schuh liege nebe dem Pedal. Ich wunder mich. »Könne Sie so fahre, barfüßig?« Sie gibt Gas. »Im Sommer immer.« Sie hätt barfuß mehr G'fühl beim Fahre. Ein kurzer, übersichtlicher Straßeabschnitt. Sie überholt en Sattelschlepper. Mir bleibt d'Luft weg. Es war knapp. Aber für sie anscheinend net.

Vielleicht um mich abzulenke, sag ich: »Eine herrliche Landschaft! Wie der klare Bach durch die Wiese im Tal mäandert!« Des Motorgeräusch war laut. Sie sagt: »Entschuldigung. Was isch mit dem Bach?« Ich wiederhol: »Schön, wie sich des Bächle durch die Wiese schlängelt!« Sie hat durch mein Fenster rausgeguckt. »Ja. Wunderschön.«

Dann verzählt sie von sich und ihrem Udo. Ich stell ihr gezielte Frage, bei dene sie sich uff d'Straß konzentriere kann, nimme rausgucke muss. Aber ia wollt auch mehr über sie wisse. War neugierig.

Ich hab erfahre, dass sie als gelernte Floristin in Teilzeit in'me Blumelade schafft. Im Bahnhof. Aber hauptsächlich macht sie für ihren Udo den ganze Bürokram. Des könnt der net. »Was schafft Ihr Mann?« Der hätt sich als Schreiner selbstständig g'macht. Kunstschreinerei. Baut Möbel nach eigenem Entwurf. Im Prinzip Designermöbel. Er hätt kürzlich eine Ausstellung in seiner Atelierwerkstatt g'macht. »Wolle Se mol seh? Damit Sie eine Vorstellung habe.« Sie hätt Bilder g'macht. Sie sucht ihr Smartphone, wühlt in ihrer Tasch. Zwischedurch guckt sie immer widder uff d'Straß. Ich greif nach ihrem Arm. »Nachher gern. In Ruh. Jetzt bitte net.«

Ortsschild Bad Schönalb. Tempo 30. Die Unnerhaltung wird persönlicher. »Habe Sie Kinner«, frog ich. »Laider net. Mein Ex-

Mann wollte kaine.« »Ach, Sie ware schonmol verheiratet?« – »Ja. Eine Katastroph! Mit einem Workaholic. Unberechenbar, auch gewalttätig.« Sie sei damals halt noch viel zu jung g'wese.

Ich betracht ihre Händ am Lenkrad. Sie war vermutlich doch e bissl älter, als ich sie heut Morge g'schätzt hab.

Es geht durch den Ort steil hoch. Ein klotziges Gebäude am Hang. Weithin sichtbar: »Kurklinik Talblick«.

»Ihr Udo. Wie lange kenne Sie sich schon?« Sie überlegt. »Seit gut zehn Jahr. Aber net verheiratet.« – »Hätt der gern Kinner?« – »Wahnsinnig gern sogar!« – »Ich will net indiskret sei. Aber mit dem könnte Sie doch immer noch ...« Sie fallt mir ins Wort. »Des geht medizinisch bei ihm net, verstehe Sie?« Des war vielleicht ein wunder Punkt bei ihr. Ich sag schnell: »Medizinisch net? Kann mer nix mache. Aber was soll's? Hauptsach, es geht sonscht!« Ich hab zu spät g'merkt, dass des ein blöder Spruch war. Deshalb hab ich mich korrigiert. »Ich wollt sage, wenn sonscht alles gut geht zwische zwei Mensche.«

Der Mini rollt über den Parkplatz. Ziemlich voll. Besuchszeit. Endlich eine Lücke. Motor aus. Ich freu mich aufs Aussteige. Von der Rückbank holt sie e Guck mit Obst. Orange, Banane, Traube. Eine Fachzeitschrift für Holzwerker. Titelg'schicht »Unser Stolz ist das Holz«. Sie guckt übers Autodach zu mir rüber. Diese blaue, grün g'sprenkelte Auge von heut morge. Sie sagt: »Der Udo und ich sin wesensmäßig total verschiede. Er ruhig, ich quirlig. Aber Sie lerne ihn jo glei kenne.« – »Gegensätze ziehen sich an«, sag ich. Sie verriegelt das Auto. »Stimmt schon irgendwie. Kann aber manchmol ganz schön nervig sei. Für beide.« Unnerwegs bleibt sie nochmol stehe. Sagt so ganz versonnen: »Trotz allem. Der Udo isch endlich der Mann fürs Lebe.«

Der Satz hat mich irritiert. Die ganze Unternehmung wird mir plötzlich fragwürdig. Wieso besuch ich jetzt mit einer wildfremden Frau ihren Mann fürs Lebe?

Er hat sie auf der Terrass schon erwartet, kommt uns entgege. In der üblichen Kurklinik-Klaidung, sportlich, aber bequem. Leger. Halbprivat. Blaue Helanca-Hos mit weiße Seitestraife. Adidas oder Puma. Zitronegelbes T-Shirt, bestimmt Größe XXL. Badschlappe aus Gummi. Weiße Frottee-Socke.

Sie umarme sich. Ein vertrauter Kuss. Mit mir kann er nix a'fange, logisch. Er guckt zwische ihr und mir hin und her. Falte zwische de Auge. Net bös, nur ratlos. Sie erlöst ihn. »Ich hab jemand mitgebracht.« Sie überreicht ihm mein Buch. »Er hat's für dich signiert.« Ich nick. Er blättert, sieht die Widmung, überfliegt sie aber nur. Er betrachtet den Umschlag mit Bild und Name. Plötzlich fallt bei ihm der Grosche. »Herr Kannegießer! Sie? Des gibt's doch net! Ich bin platt! So eine Überraschung! Wie komme Sie denn ...?«

Am Tisch hat sie ihm die Zufallsbegegnung von heut Morge erzählt. Ich hätt mich nicht davon abbringe lasse, ihn zu besuche. Als treuen Leser, dem's im Moment net so gut ging. Er hat sie immer widder unnerbroche. »So eine Überraschung!« Sie freut sich für ihn. »Gell, do guck'sch, Schnufflbär!« Sie will, dass er die Widmung lest. Er weigert sich. Später im Zimmer wollt er des mache. Er hat glänzige Auge g'habt. Vor Rührung.

Ich hätt so gern e Viertel Wein getrunke. Des hat's net g'ebe. Der Udo und ich nemme alkoholfreies Bier. Sie Cola. »Zum Wohl! Auf baldige Genesung!« Beim Zuproste führt uns der Udo vor, was er mit dem rechte Arm inzwische widder kann. Er kriegt des Glas bis zum Mund. Es ging sogar noch höher! Zum Beweis will er des Glas uff sein kahle Vorderkopf stelle. »Net!«

Sie kann des Glas grad noch abfange. »Super, Schnufflbär! Aber net übermütig were!« Er lacht. Vor einer Woch im Krankehaus hätt sie ihm noch beim Trinke helfe müsse! »Stimmt's, Petra?« Sie nickt. Ich sag: »In der Neurologie gilt des als klares Indiz, dass es mit Patiente aufwärts geht.« – »Was?« – »Wenn mer sei Glas uff de Kopf stelle kann!« Ein Herr am Nebetisch lacht mit. Er ruft rüber: »Aber net mit so'me G'söff drin!« Gute Stimmung in der Reha.

Jetzt seh ich die Bilder von der Ausstellung auf dem Smartphone. Die muss sie mir zaige. Seine Finger rechts ware noch net so beweglich. Die Petra setzt sich näher zu mir, dreht des Käschtle von de Sonn weg, damit ich die Bilder besser seh. Sie stupft uff dem Ding rum, wischt weiter, vergrößert zwische Daume un Zaigefinger. Alles hexeflink. Ein baufälliger Schuppe mit Schild überm Eingang. »Atelier Holzwurm«. Er kommentiert. »War mol früher des Materiallager von einer Gießerei«. Er sei im Prinzip ein Ein-Mann-Betrieb. Bei manche Arbaite helft ihm ein guter Freund. »Aber sonscht? Beim Schaffe kann ich niemand brauche.« Es komme Bilder von wirklich schöne Möbel. Schränk, Kommode, Regalelemente, Stühl. Ziemlich modern. Funktional. Ich sag: »Bauhaus-Stil?« Er freut sich. »Oh, Sie kenne sich aus, Herr Kannegießer? Ja, in diese Richtung.« – »Alles massiv Holz?« Er guckt beinah entsetzt. »Ja klar! Nur! Was sonscht? Petra, net so schnell! Mach nochmol zurück!« Sie wischt rückwärts, zieht das Bild größer. Er erklärt. »Hier, zum Beispiel. Schrankwand. Spezialanfertigung. Genau nach Maß. Buche, kombiniert mit Ahorn und Wanga-Wanga, tropisches Holz.« Ich sag: »Net billig so was, denk ich.« Er winkt ab. »Die Arbait, die do drinsteckt, könne Sie garnet bezahle!« Die Bilder sin durch. Sie schwätze übers G'schäft. Viele Aufträg, die liege bleibe. Er macht sich

Sorge. Seine Petra beruhigt ihn. Sie hätt im Moment alles im Griff. Hätt rumtelefoniert. »Deine Gesundheit geht jetzt vor, Schnufflbär!« Ich geh zum Rauche zur Parkplatzschranke.

Ich hab mir ihren Mann fürs Lebe annerscht vorg'stellt. Aber ich kann sie jetzt irgendwie versteh. Ein gutmütiger Hüne, der Wärme und Zuverlässigkeit ausstrahlt. Halt en Brocke Mensch. Ich denk an Obelix. Nur mit seine braune Knopfauge kann der net bös gucke. Es isch jetzt überhaupt net abfällig g'maint. Aber sei rundes G'sicht erinnert mich an en Pfannkuche. Oder an eine lachende Sonn, von Kinner g'malt. Seinen spärliche Haarkranz hat er durch e Gummi zu'me Nackeschwänzle z'ammegezoge. Der Designer im Handwerker. Er war mir sympathisch.

Die Terrass hat sich g'leert. Zeit zum Abschied. Für mich. Für die Petra noch net. Sie will nochmol mit ihm hoch ins Zimmer. Verständlicherweis. Er gibt mir d'Hand. Meine verschwindet in seiner. Wie in'me warme, zu große Futteral. Ich spür, dass er gern zugedrückt hätt. Er hat tatsächlich Träne in de Auge. »Danke, Herr Kannegießer, für Ihren Besuch. Es war mir e große Freud. Des vergess ich Ihne nie!« Ich hab ihm hinnerher g'rufe: »Weiterhin gute Besserung mit Ihrer Hand, Herr ...« Mir isch ei'gfalle, dass ich sein Nachname net kenn. Nur Udo und Schnufflbär. Er wollt weg. Bevor er richtig heule muss.

Ich hab lang warte müsse. Ich wollt mir en Kaffee hole. Die Frau hinner der Thek hat mit Gummihandschuh Edelstahl blank g'riebe. »Maschin aus, guck. Tute mir leid. Cafeteria zu. Feierobend!« Für e Viertel Wein hätt ich jetzt waiß Gott was bezahlt. Ich glaub, ich hätt sogar Trollinger getrunke! Bad Schönalb g'hört immerhin zu Württemberg. Zwar knapp. Aber in der Gegend geht's schon los, dass die so was als Wein ausschenke.

Endlich erscheint diese Petra mit einer Rewe-Guck Dreckwäsch. »Entschuldigung. Hat doch e bissl länger gedauert.« Es sei halt immer schwer für ihn, wenn sie geht. »Versteh ich«, hab ich g'sagt.

Bei der Rückfahrt isch sie zum Glück langsamer g'fahre. Sie war nimme so gesprächig, kommt mir nachdenklich vor. Auf halbem Weg kommt die klaine Ortschaft Fischweiler. Paar Meter talwärts eine Imbissbude mit drei bis fünf Tischle. Weiße Plastikstühl. En Sandplatz im Grüne.

Mir ware beinah vorbei. Dann rufe mer wie aus einem Mund: »Solle mer den schöne Sommerobend net dort ausklinge lasse!« Wörtlich. Genau gleichzeitig! Mir lache los. So was passiert nur alte Ehepaare. Sie bremst, guckt vorher kurz in de Rückspiegel und vor. Schlagt des Lenkrad rum. Mir parke nebe schwere Motorräder.

Glück. Grad wird en Tisch für uns frei. Ein älteres Bikerpaar geht dick ledergepanzert zu seiner 1200er BMW. Ich hol uns Currywurscht. Der Petra bring ich en Krug Radler mit. Ich komm endlich zu mei'm Wein. Betschgräbler. Egal. Er isch wenigschtens kalt. »Also, zum Wohl!« – »Ja. Danke, dass Sie mich begleitet habe.«

Wir habe uns wunderbar unnerhalte. Net nur über Oberflächliches. Die Zeit vergeht wie im Flug. Das »du« müsse mer uns net extra anbiete. Es isch uns im lebhafte G'spräch immer öfter rausg'rutscht. Mit de Vorname. Des hat sich ai'fach so ergebe. Mir isch's noch leichter g'falle. Net nur weil ich älter bin. Ich hab ihren Nachname garnet g'wüsst. Den hab ich später erfahre, weil ich ihr mol schreibe wollt. Ich hab nur auf Petra umschalte müsse.

Über Beziehunge habe mer g'redet. Habe Gemeinsamkaite entdeckt. »Ja, des kenn ich! Des isch bei mir genauso!« In einer Partnerschaft sei ihr Freiheit wichtig. Toleranz. Ich sag: »Unbedingt!« Des hätt sie bei ihrem Udo. Dass sie mir immer mit ihrem Mann fürs Lebe kommt, hat mich doch e bissl g'stört. Aber dann hat sie mir verzählt, was zwischen ihne doch net so isch, wie's von auße aussieht. Des lauft mir besser nei. Ich hab mir noch einen Betschgräbler g'holt. Ich hab jo net fahre müsse.

Früher hab ich bei Fraue, die ich beeindrucke wollt, immer zu viel selber g'schwätzt. Oft noch über mich. Heute waiß ich, dass Zuhöre besser kommt. Späte Erkenntnis. Es bleibt halt oft beim Zuhöre.

Wie mir von Fischweiler wegfahre, brauche mer die Scheinwerfer. Späte Dämmerung. Vom Schwarzwald weht en kühler Wind, verwirbelt die schwüle Luft. Eine Wohltat im Sommer. Ich häng de Arm raus, klopf ans Türblech. Bob Marley and the Wailers vom CD-Player. »Let's get together now, feel-alright«. Mir singe laut mit. Bis die erschte Stadthäuser komme.

Sie fahrt mich bis vor d'Haustür. Motor kurz aus. En Moment verlegenes Schweige. Sie drückt mir en Kuss uff de Backe. Net so spontan un flüchtig wie heut Morge. Näher am Mund. Sie haucht: »Danke, Gerald, für den schöne Abend.« Ich schnall mich los. »Ich hab mich wohlg'fühlt mit dir. Alles Gute, Petra.« Ich hätt gern g'frogt, ob mer uns widdersehe könne. Es liegt mir uff de Zung. Sie winkt mir beim Losfahre. Ich bin die Treppe zu meiner Wohnung förmlich hochg'schwebt.

So hab ich die Petra kenneg'lernt. An'me Julimorge vor'm Frückstück. Ich glaub, ich hab mich e bissl in sie verliebt. Oder hat sie mir nur g'falle? Jedenfalls wär ich widder mit ihr nach Bad Schönalb g'fahre, um den Mann ihres Lebens zu besuche. Nur um sie zu sehe. Aber des war net nötig. Ich hab noch net wisse könne, dass mir so schöne Sommerwoche mit ihr bevorstehe. Ohne Rehaklinik. Ich war niemehr dort.

Am folgende Tag hab ich nichts von ihr g'hört. Ich hab mir g'sagt, warum sollte diese Petra dich a'rufe? Des war für sie eine nette Episode, mehr net. Um enttäuscht zu sei, muss mer was erwartet habe. Des hab ich aber net. Oder kaum. Also g'freut hätt's mich schon. Und sei's nur aus männlicher Eitelkeit. Ich hab zum Glück die Begabung, schnell zu vergesse. Oft sogar wichtigere Sache.

Am Mittwoch gege Obend klingelt mein Telefon. Eine Handynummer. Ich hab die Tagesschau im Erschte leiser g'stellt. Die Petra! Sie sei grad auf dem Parkplatz in Bad Schönalb. Hätt den Udo besucht. Es sei so ein herrlicher Sommerabend. Ob wir net irgendwo noch e Gläsle Wein trinke könnte. Also nur, falls ich Zeit und Luscht hätt.

Ich hab sofort, beinah zu laut, zug'sagt. »Super Idee! Wo?« Des könnte mer uns dann überlege. »Ich hol dich ab. So in einer halbe Stund.« Ich hab noch schnell e Hemd gebügelt. Des vom Tschibo hab ich nimme a'ziehe könne. Zähn putze. Paar Spritzer von mei'm Herreparfüm an de Hals. Wohnungsschlüssel net vergesse. Bügeleise aus? Geldbeutel ei'stecke. Fertig! Als ich die Treppe runner renn, läutet's schon in meiner Wohnung. Sie muss schnell g'fahre sei.

Sie wartet schon, an ihren Mini g'lehnt. Weißes Sommerklaid mit Klatschmohn bedruckt. Durchgeknöpft. Obe un unne paar Knöpf offe. Es war immer noch haiß. Sie hat sich sorgfältig schön g'macht. Für ihren Udo? Könnte sei. Obwohl, vor zwai Tag war sie auch schön. Aber net so. Lidschatte, Wimpern getuscht, Make-up ziemlich neu. Ihre Lippe ware frisch dunkelrot g'schminkt. Farb von reife Süßkirsche. Passend zum Lack von ihre Fingernägel. Und zu ihre Fußnägel in dene zehefreie Pumps. Ich seh mit einem Blick viel. Auch so ein Talent von mir. Jedenfalls bei Fraue. Sie hat umwerfend ausg'seh.

Küssle links, Küssle rechts. Sie schnuppert an mir rum. »Du riech'sch so gut. Was isch des?« Ich sag: »Ich waiß net, wie des Zeug haißt. Hab ich zu viel verwischt?« Sie schüttelt de Kopf. Sie hätt's gern, wenn Männer gut rieche. Dem Udo hätt sie mol so'n Herreduft g'schenkt. Des sei heut noch voll, des Fläschle. Ich erkundig mich nach ihm. »Wie geht's ihm so?« Sie sagt: »Ganz gut so weit.« Er würd sich halt Sorge mache, wie's weitergeht mit'm G'schäft. Wege der Hand. Also heut sei er richtig depressiv g'wese. »So kenn ich den garnet!«

Die Fahrt geht über die Höhendörfer am Schwarzwaldrand. Sie kennt offenbar unser Ziel. Ich hab mich bisher net drum gekümmert. Ihre Füß, genauer, ihre Beine habe mich abg'lenkt. »Sag mol, wo fahre mer aigentlich hin?« Sie sagt: »Lass dich überrasche!« Woher sie den Platz kennt, wollt ich wisse. Sie sei mol mit ihrem Udo dort g'wese. Immer kommt sie mir mit dem Udo! Des nervt mich e bissl.

Sie biegt ab in en geteerte Waldweg. Jetzt waiß ich Beschaid. Ich kenn des Ausflugslokal mit der Aussichtsterrasse. War schon öfter dort mit verschiedene Fraue. Aber des sag ich ihr net, um ihr die Überraschung für mich net zu verderbe.

Der Tannewald lichtet sich. Der Blick ins Tal wird frei. Baurehöf zwische saftige Wiese. Elektrozäune um Weideland mit Küh. Koppel für Reitpferde, Streuobstwiese. Überall Ackergerät, Traktore. Geruch nach intensiv betriebener Landwirtschaft. Eine Formation von Gäns watschelt rum. Uff'me Mischthaufe thront ein prächtiger Gockler.

Hoch zum Lokal führt en Feldweg. Hühner picke am Rand, flattere vor uns weg. Die Petra guckt erwartungsvoll zu mir rüber. »Traumhaft, oder?« Ich, glaubwürdig überrascht: »Ein paradiesisches Fleckle Erd! Un so was ganz in unserer Näh!« An dem Parkplätzle steht ein Kruzifix. Der Lendeschurz von dem Herrgott frisch vergoldet.

Die Terrass war gut besetzt. Viele Seniore. Genusswanderer in Jack-Wolfskin-Klamotte mit Walking-Stöck.

Wir habe Glück. Ein freier Tisch für uns. Sogar am Rand. Die Bedienung räumt des G'schirr von de Vorgänger ab. Sie bringt die Speisekart. Die Petra fasst sich an de Bauch. Sie hätt mit dem Udo schon im Speisesaal von der Klinik g'esse, wollt nur was trinke. Ich bestell e Viertel Rosé aus der Provence. Sie einen Aperol Spritz.

Wir genieße die herrliche Fernsicht bis zum Horizont, wo der Schwarzwald höher wird. Über uns der weite blaue Himmel mit Schönwetterwolke. Wie Wattebäuschle, allmählich schon rötlich beleuchtet von der späte Sonn. Es wird irgendwann kühl. Sie holt e Strickjack aus'm Auto. Für mich bringt sie einen Pullover vom Udo mit. Wir lache. Er isch mir viel zu groß. »Guck doch, ich versauf drin!«, sag ich.

Wir habe net g'merkt, wie sich die Terrasse so langsam leert. Die Petra erzählt von ihrem Ex-Mann. Ein Choleriker. Er sei sogar handgreiflich g'wese. Ich leg mei Hand auf ihre, streichel mit'm Daume. Sie lasst es zu. Dann dreht sie ihr Hand um, hält meine.

Die Bedienung bemüht sich, freundlich zu bleibe. Sie zieht am Tisch ihr weißes Schürzle aus. »Entschuldigung, wir schließe jetzt.« Ich hab vorher schon bezahlt.

Ein Vollmond versilbert die Landschaft. Eine verzauberte Nacht. Zum Abschied schnallt sie sich los. Ihr Kuss kommt nimme uff mein Backe. Und er dauert länger. In meiner Wohnung bin ich angenehm verwirrt. Nebe de Kapp.

Manche verzauberte Nächt in de folgende Woche. Wir habe uns beinah jeden Obend getroffe. Immer nach ihrem Besuch beim Udo. Ich hab mich den ganze Tag druff g'freut. Oft habe mer uns schon am Obend vorher verabredet.

Wir habe viel z'amme unnernomme. Lange Waldspaziergäng. Anfangs sin mer nebe uns her marschiert. Wie normale Wandersleut. Dann berühre sich wie aus Versehe unsere Handrücke. Schließlich gehe mer Hand in Hand. Wenn uns niemand sieht, sogar Arm in Arm. Die Petra hat ihrem Udo von unsere Wanderunge angeblich erzählt. Aber halt net alles.

Ich war mit ihr bei'me Konzert. »Tribute to Udo Jürgens«. Sie hat zwei Karte g'habt. Für sich und ihn. Open Air. Dann sei Schlägle. Bevor die teure Karte verfalle. Ich wär nie im Lebe zu dem Konzert g'ange. Net mein Musikg'schmack. Aber mit ihr war's schön. Am Schluss, bei »Ich war noch niemals in New York«, hab ich im Stehe mitgeklatscht. Weil sie so begaischtert war.

Nachher ware mer noch in meiner Wohnung. Ein Absacker. Wir habe uff der Couch heftig g'schmust, zwischedrin eng getanzt. Stehblues. Ich streich über ihre nackte Haut am Rücke. »When a man loves a woman«. Ich denk nix. Ich spür nur. Ich will ihren Rock hochschiebe. Plötzlich drückt sie mich sanft weg. Trauriger Blick. »Net bös sei, bitte Gerald. Aber ich kann des net. Jetzt net.« Sie zieht ihren Rock runner, knöpft ihr Blus zu. Ich steh im Zimmer wie von'me eiskalte Wasserstrahl getroffe. Ich stotter: »Wie ... wieso? Hab ... hab ich was falsch g'macht?« Sie schüttelt de Kopf. »Überhaupt net! Ich muss nur immer an den Udo denke. Wie der jetzt in dem Krankezimmer liegt. So einsam un verlore.« – »Aber dem geht's doch besser!«, ruf ich verzweifelt. Des hat sie net überzeugt. Die erotische Stimmung war an dem Obend futsch.

Ich hab sie zum Auto begleitet. Sie hat beim Gehe nach meiner Hand gegriffe. Soweit alles in Ordnung. Ich hab überlegt. Herrgott, des hat doch so zwische uns g'funkt! Auch bei ihr! Hätt ich vorhin net so schnell uffgebe dürfe? Vielleicht wollt sie erobert werde? Udo hin, Udo her! Aber ich bin net der Eroberer-Typ. Net meine Art, eine Frau zu bedränge. Obwohl, ich hab mol g'lese, manche Fraue hätte sexuelle Gewaltfantasien. Würde sich eine Vergewaltigung vorstelle. Von mir aus. Aber ohne mich.

In solche Gedanke geh ich haimwärts. An dem Bach entlang, der durch des Städtle fließt. Es war trotzdem en schöner Obend. Es wär immerhin beinah so weit g'wese.

Wir habe uns öfter in'me griechische Lokal getroffe. Net wege'm Esse. Des war in Ordnung, wie bei alle Grieche.

Aber der Garte war einmalig schön. Ein Labyrinth aus blickdichte Buchshecke mit intime Nische, lauschige Plätzle. Knorzige Olivebäum, sogar Pinien oder so was Ähnliches. Götterstatuen aus weißem Gips. Der ganze Olymp war versammelt. Von Zeus bis zum Meeresgott Poseidon.

Die Lage war net grad idyllisch. Zwische Autobahne, Zubringerstraße, mit einer Tankstell in de Näh. Über des Gelände habe sich Hochspannungsleitunge gezoge. Aber in dem Garte hat mer alles außerum ganz vergesse. Dort war Griechenland.

Manchmol ware mer sogar dort, wenn die Petra ihren Udo mol ausnahmsweise net besucht hat. Die Kellner habe uns schon gekannt. Vermutlich habe se uns für ein ungleiches Liebespaar g'halte. Oder Seniorchef mit Sekretärin.

Ich erinner mich an en besonders schöne Obend dort. Ich hab den Zweiertisch in der Aphrodite-Nische reserviere lasse. Ab 20 Uhr. Ich kipp meinen Ouzo, der aufs Haus geht. Bestell e Viertel Athos. Des Jürgens-Lied vom Konzert fallt mir ei. Ich summ »Griechischer Wein«. So Schlagerzeug bleibt im Ohr hänge.

Ich muss net lang warte. Vom Parkplatz hinner der Tankstell erscheint meine Petra. Erscheint – genau des richtige Wort! Sie war in Bad Schönalb. Über den Kiesweg steuert sie uff unser Plätzle zu. In einem knallbunt geblumte, knöchellange Flatterrock. Enges schwarzes T-Shirt. An de Füß weiße flache Leineschlappe. Espadrillos. So hab ich sie bisher noch nie g'seh. Umwerfend! Ich hab kai anneres Wort. Die fehlende Oberweite steht ihr gut. Sie hat was Mädchenhaftes.

Kuss zur Begrüßung. Kurz uff de Mund, aber net flüchtig. Ich mach ihr e paar ehrliche Komplimente. Dann erkundig ich mich wie immer nach dem Udo. »Wie geht's ihm denn?« Sie lacht fröhlich. »Gut! Immer besser!« Er könnt die Finger widder einzeln bewege. Hätt deutlich mehr Kraft in seiner rechte Hand. Ich freu mich mit ihr. Aber ich denk, viel Zeit bleibt uns vielleicht nimme.

Wir bestelle en griechische Vorspeiseteller für zwai Persone. Feine Sächele zum Schnabuliere. Taramas, g'füllte Weinblätter, Olive, gegrillte Aubergine, Tintefischärmle, Tsatsiki. Sie rückt ihren Stuhl näher zu mir. Ich leg de Arm um sie. Ich spür ihre Hand uff meinem Schenkel. Es war perfekt. In dem Moment hätt ich net sage könne, was mir in der Welt fehlt.

Zufällig hat die Chefin, die Elena, ihren Geburtstag g'feiert. Drei befreundete Musiker aus ihrer Heimatgegend habe g'spielt. Bouzouki, Gitarre, Gesang. Griechische Schlager, die immer wie Volkslieder klinge. Vielleicht weil mer den Text net versteht. Die Stimmung im Garte steigt, schaukelt sich hoch. Deutsche und griechische Stammgäscht vermische sich mit Personal. Alles tanzt. Außer e paar ältere Herrschafte.

Dann ein Stück von Mikis Theodorakis. Aus »Alexis Sorbas«. Sirtaki! Mit de Serviett wisch ich mir über de Mund, spring hoch. »Auf Petra! Mir mache mit!« Sie sperrt sich e bissl. »Ich kann des doch net! De Udo tanzt doch net!« Ich zieh sie an der Hand mit mir. »Dann mu'sch halt mit mir tanze!« Noch ein zaghafter Einwand von ihr. »Des hab ich noch nie g'macht!« – »Denk'sch du, ich?« Schon sin mer in dem Getümmel uff de Tanzfläche.

Anfangs guckt sie noch uff d'Füß, was die annere mache. Ganz verbisse. Dann wird sie immer lockerer. Ich seh, wie sie rumhopft, improvisiert. Es hat sie gepackt. Sie isch mit Feuereifer debei. Im Takt zur Bouzouki wogt sie zwische zwai Kellner vor und zurück, die Ärm über die Männerschultere g'legt. Sie zieht beim Tanze ihre Espadrillos aus, schmeißt sie weg. Scheint's Kies drin. Ich bin selber in Hochform. Bin Alexis Sorbas. Wie im Film, Schluss-Szene am Meer. Mit einem Ausfallsprung tief ins Knie feg ich mit de Hand durch de Kies. Hoppa! Ich stolper über e Verstärkerkabel, komm kurz zu Fall. Schulterprellung. Aber den Schmerz spür ich net. Erscht später. Wir gehe total verschwitzt zu unserer Aphrodite-Nische. Arm in Arm. Sie sieht glücklich aus.

Aus ihrem Lederrucksäckle zieht sie en klaine Beutel. Sie wollt sich in der Toilett e bissl frisch mache. Ihre Haar klebe nass über ihr G'sicht. Sie sieht aus wie e blonde Zigeunerin mit Katzeauge. Ein älteres Ehepaar sitzt uns überm Weg gegenüber. Sie brauche keinen Nischenplatz mehr. Ich krieg mit, wie sie viel zu laut flüschtere. »Sag mol, wie kommt der zu so einer Frau?« Er reibt de Daume am Zaigefinger. »Hier! Schotter! Mit Geld kann'sch alles mache.« Ich bin zu gut uffg'legt, um mich zu ärgere. Ich war sogar eher noch e bissl stolz. Weil des bei mir ohne Geld geht.

Die Musiker habe Kabel z'ammeg'rollt, ihr Anlag in'me VW-Busle verstaut. Es war lang nach Mitternacht, immer noch tropisch warm. Ein Sternehimmel wie im Süde. Wir schlendere eng umschlunge zum Parkplatz bei der Tankstell. Ich war mit'm Auto komme. Früher wär ich noch g'fahre. Heut bin ich nimme leichtsinnig genug. Es wird a öfter kontrolliert.

»Ich lass des Auto stehe«, sag ich. »Hol ich morge. Nur zwanzig Minute zu Fuß.« Sie will mich haimfahre. Ich wink ab. »Danke. So'n Spaziergang tut mir jetzt gut.« Ein langer, inniger Abschiedskuss.

Zwai junge Bursche an der Zapfsäul hupe. Vor Schreck zucke mer ausenanner. Sie winke, strecke lachend ihre Daume hoch. Sie rufe: »Weitermache!« Ich sag: »So e schöne Nacht! Solle mer net noch zu mir oder zu dir geh?« Sie nemmt meine Händ, guckt mir tief in d'Auge. »Unsere Freundschaft isch doch so was Tolles, Gerald! Was Wertvolles! Solle mer die wirklich uff's Spiel setze?« Zudem sei sie jetzt zu müd für so was.

Ich hätt die gern uff's Spiel g'setzt. Ich war zwar selber müd. Aber net zu müd für »so was«.

Den ganze Haimweg hab ich überlegt, was sie unner Freundschaft versteht. Die Straße hat sich elend gezoge. Zwischedurch hab ich en richtige Zorn kriegt. Hab laut vor mich hie'gschimpft. Ja, Herrgott, wer zündelt denn die ganze Zeit fahrlässig an der sogenannte Freundschaft rum? Ich vielleicht? Des war doch sie! Schon unser zwaiter Kuss im Auto war von ihr aus nimme platonisch! So küsst mer niemand, mit dem mer nur befreundet bleibe will!

Endlich bin ich an meiner Haustür. Ich stocher lang mit'm Autoschlüssel in dem BKS-Schloss rum. Gut, dass ich net g'fahre bin. Aber des spür ich. In der griechische Nacht wär alles drin g'wese. Es hätt beinah geklappt. Aber so war's halt oft.

Am nächschte Obend nach ihrem Udo-Besuch habe mer uns am Baggersee getroffe. Wollte im Sonnenuntergang noch e Runde schwimme. Ich hab Picknicksache besorgt. Käs, Traube, Baguette, Rotwein. Es ware kaum noch Leut an dem Strand. Schilfmatte hab ich im Sommer immer im Auto. Wir habe uns en Platz zwische Gebüsch auf einer Landzunge rausg'sucht. Sie hat sich hinner der offene Autotür schnell umgezoge. Ganz unkompliziert. Des hat mir imponiert.

Zum erschte Mol seh ich die Petra im Bikini! Mir bleibt die Luft weg. Sie langt grad noch zum Schwimme. Ihr Anblick lenkt ziemlich von jedem freundschaftliche G'fühl ab. Ein einteiliger, sportlicher Badeanzug wär platonischer g'wese. Wir komme uns körperlich zügig näher. Lasst sich net vermeide. Dann die Natur um uns rum. Froschgequake, Raschle im Schilf, Vogellaute. Im See glitzert schon de Mond. Schwimme wie in lauwarmem Badewasser. Des hat schon was Erotisches!

Wir wäre gern noch gebliebe. Noch lang. Aber die Stechmucke habe uns regelrecht überfalle. Es war nimme auszuhalte. Fluchtartig packe mer unsere Sache. Sie zieht am Auto ihren nasse Bikini aus. Ich dreh mich diskret weg. Guck zum See. Jedenfalls so halb.

Es isch noch net spät. Halb elf. Ihr Wohngegend war am Stadtrand. Net weit. »Vorschlag«, sag ich. »Könnte mer net noch irgendwo was trinke? Bei dir vielleicht?« Des läg auf meinem Weg. »Ich wüsst halt so gern, wie du so leb'sch. Möcht deine Umgebung mol kennelerne.« Sie hat rumgedruckst. Hat ihren Bikini ausg'wringt. Des sei so e Sach. Dann erklärt sie mir, warum sie des net will.

Sie wohnt in einer Reihenhaus-Siedlung mit enger Nachbarschaft. Haus an Haus, Garte an Garte. Jeder kennt jeden. Die soziale Kontroll ging ihr manchmol selber uff d'Nerve. Sie sagt:

»Wenn ich en Mann zu Besuch hab, wackle die Vorhängle. Die gehe net ins Bett, bevor die net wisse, wann der geht!« Ich sag: »Ich däd verrückt were!« Sie erklärt weiter: »Und alle mögen den Udo! Weil er so hilfsbereit isch. Und handwerklich so g'schickt.« Jeden Tag müsst sie von de Nachbarsleut Grüße an ihn ausrichte, gute Besserung wünsche. Also Männerbesuch um die Zeit, des würde die dem Udo brühwarm verzähle. Natürlich in ihrer Version. Mit alle mögliche Vermutunge. Bei'me Krankebesuch.

Es war wie verhext! Entweder unsere gefährdete Freundschaft oder der Udo bremst uns aus!

Ich hab mich in der Zeit an die Petra g'wöhnt. Es war schön, obends mit ihr verabredet zu sei. Jemand zu habe, uff den mer sich morgens freut. Es gibt so'n verstaubte Männerspruch von früher. »Der Kavalier genießt und schweigt.« So viel zu verschweige gab's vielleicht garnet. Aber die dauernde Vorfreud hab ich genosse.

An einem Freitagmorge klingelt früh mei Telefon. Normal nemm ich um die Zeit noch net ab. Aber ich seh ihr Handynummer. »Gute Morge, Gerald. Du, der Udo wird am Samstag entlasse. Um zehn hol ich ihn ab. Könnte mer uns heut Obend net nochmol ...?« Ich hab sie unnerbroche. »Sin die drei Woche schon rum? Sag mol, hätt der net noch e Woch Verlängerung kriege solle?« Sie: »Ja. Aber des will er net. Er sagt, er sei topfit. Könnt widder schaffe. In Bad Schönalb läg er doch nur rum.« Sie hat sich bestimmt g'freut. Nur an ihrer Stimm hat mer's net so g'merkt. Die hat eher e bissl tonlos geklunge. Sie hat sich g'wünscht, dass mer nochmol in des Tal fahre, wo mer am Anfang mol ware. Mit der Terrassewirtschaft. Dene Baurehöf.

Es war en drückend schwüler Tag. Bleiern schwer. Am verhangene Himmel eine weißliche Sonn. So'n Tag, an dem mer sich net gern bewegt. Wo mer sich d'Mucke vom Hals schlagt. Sonscht nix mache will. Trotzdem will sie vor'm Einkehre unbedingt en klaine Waldspaziergang mache. »Also gut«, sag ich. »Aber net lang.«

Der Weg geht schnurgrad durch en Wald aus hohe Buche. Wir marschiere schweigsam nebe uns her. Jeder in seine Gedanke. Nur des Knacke von dürre Äschtle unner unsere Schuh. Es isch annerscht, als es vorher immer war. Nur ai'mol bleibt sie abrupt steh. Sie legt ihren Kopf an mei Schulter, ohne was zu sage. Dann gehe mer weiter. Hand in Hand. Nur e paar Schritt weit.

Von der Rheinebene her türme sich schwarze Wolke. Gewitterstimmung. Es blitzt ohne Donner. Nur dumpfes Grolle von weitem. Die Luft wie elektrisch. Es riecht modrig. Nach Pilz, faulige Baumstämm. De Wind nemmt zu. Es braut sich was z'amme. Es spitzt sich was zu. Ich denk, hoffentlich komme mer rechtzeitig aus dem Wald. Vor der Entladung nach dem brutal schwüle Tag. Wir gehe e bissl schneller.

Plötzlich Blitz und Donnerschlag, beinah gleichzeitig. Jetzt genau über uns. Sturm zerrt in de Baumkrone. Zweige falle runner. Wolkebruch. Der Rege schlagt in die Blätter. Es schüttet wie aus Kübel. Ich waiß nimme genau, wie des war. Es gibt so Situatione, die passiere zu schnell zum Verzähle,

Sie packt mei Hand. Oder ich ihre? Ich kann nimme sage, wer wen gezoge hat. Wir renne quer durchs Unnerholz zu der Blockhütt am Waldrand. Net wege dem Rege. Nass sin mer schon. Net aus Angscht vor'm G'witter. Nur ein Gedanke in unsere Köpf: Freundschaft egal! Morge Udo! Jetzt!

Die Schutzhütt hat nur drei Wänd, isch talwärts offe. Als der Mann um d'Eck kommt, sin mer schon halb ausgezoge. Er schüttelt sich wie en nasser Hund. »Sauwetter!« Dicke Tropfe an seine Brillegläser. Ob er uns überhaupt g'sehe hat? Ich bin net sicher. Er kümmert sich jedenfalls net um uns. Wir immer noch in Schockstarre. Die Petra zieht langsam ihren Rock hoch. Stopft ihren Slip in de Rucksack. Ich knöpf s'Hemd zu, lass es raushänge. Der Mann setzt sich seitlich an en Tisch aus'me halbierte Baumstamm. Er reibt sei Brill trocke. Sortiert Pilz in'me Spankorb. Jetzt guckt er doch zu uns rüber. Er kippt den Korb um. »Hier! Jede Menge Pfifferling!« Ich zieh mein Gürtel zu. »Wachse die jetzt?« Er lacht laut. »Mer muss nur die Plätz kenne! Die sag ich Ihne aber net.« Ich hab am Krage en Knopf zu viel. Egal. »Kann ich versteh«, sag ich. Die Petra zupft immer noch an sich rum. Hat sich von dem Schreck noch net erholt. Der Mann dreht en große Pilz vor seine Auge. Guckt über sei Brill. »Ein Bild von einem Steinpilz! Kain Schneckefraß, nix! Gucke Se!«

Ich guck nimme. Der Rege hat schlagartig uffg'hört. Durch e blaues Stückle Himmel scheint sogar d'Sonn. Wir gehe über die moraschtige Wies zu unserm Lokal. Könne vor Lache kaum laufe.

Die Terrass isch leer. Alle Gäscht hat der Rege vertriebe, die sitze drin. Die Kellnerin wischt uns Stühl und Tisch trocke. Die Petra geht zur Toilette. Nemmt ihr Rucksäckle mit. Ich waiß, ihr Slip. Des war knapp! Es war im Grund beinah so gut wie passiert! Also ohne den blöde Pilzsammler ...

Der Sommer isch vorbei. Die Blätter färbe sich rot und leuchtend gelb. In der Pfalz gärt neuer Wein in de Fässer. Dort hab ich die Petra mit ihrem Udo zufällig getroffe. Bei'm Weinfescht mit Bauernmarkt in Dierbach. Sie hocke mit einer Freundesclique in'me Winzerhof. Der Udo springt hoch, als er mich sieht.

Er schluckt e Stück Flammkuche weg, freut sich übers ganze G'sicht. Mit ausg'streckter Hand kommt er uff mich zu.

Ich trag rechts e Tüt mit Flasche. G'würztraminer. Instinktiv will ich noch schnell meinen Ring an die linke Hand umstecke. Des schaff ich grad noch. Aber die Tüte nimme. Die bleibt am klaine Finger von meiner Grußhand hänge. Ich will mich entschuldige. Zu spät. Er packt schon zu und ruft: »Schon gut! Die Linke kommt von Herze!«

Bei jedem Wort drückt er zu. Wie im Schraubstock. »Herr Kannegießer, Ihren Besuch damals vergess ich nie! Und wie Sie sich um meine Petra gekümmert habe!« Die Petra unnerhält sich angeregt mit annere. Aber sie hat mich freundlich gegrüßt.

Ich will mei Hand wegziehe. Aber er lasst sie net los. Mir steige Träne in d'Auge. Net vor Rührung, wie er denkt. Ich sollt mich doch zu ihne setze. Ich lehn freundlich ab. Noch en kurzer Blickwechsel mit der Petra. Beim Abschied quetscht mir der Depp meinen Ring oval. Bei jeder Silb drückt er zu wie ein Schraubstock. Ich hätt schreie könne. »Alles, alles Gute! Weiterhin viel, viel Erfolg! Danke nochmol!« Im Auto krieg ich den Ring nimme vom Finger. Er stellt s'Blut ab.

Dehaim hab ich'n mit einer Flachzang vorsichtig widder halbwegs rundgedrückt. Des war ein schmerzhaftes Nachspiel von dem schöne Sommer mit der Petra. Der Udo hätt sich besser bei dem Pilzsucher bedankt.

Mediterran

Bei der Sommerhitz
35 Grad im Schatte
drückend schwül
hab ich ai'fach kain Hunger
do brauch ich net viel
kaum der Red wert
ich ess mediterran

lieber Gott
so e Tomatesalätle
mit e paar Olive
des langt mir locker
an so'me haiße Tag

gut
gege Obend vielleicht
noch en Haxe vom Grill
als Sättigungsbeilag.

Benefizgala in der Mehrzweckhall

Also, dass die immer noch die Hall vollkriege! Des isch jetzt schon die dritte Benefizgala für die Suppenküche von unsere Partnerstadt-Russe aus Woschiro ... Woroschi ... langsam ... Wo-ri-scho-lows-koje. Worischolowskoje!

Warum habe mir kai Partnerstädtle aus der Schweiz? Den Name könnt mer sich merke. Des wär net so weit weg. Vor allem müsste mer für die net sammle! Die kenne des Wort Suppenküche garnet. Dort gibt's Käsfondue, Züricher G'schnetzeltes für alle. Die könnte sogar für uns sammle. Des wär mol was ganz Neues!

So gut geht's uns nämlich a nimme. Der Mittelstand verarmt. Immer mehr Leut müsse sich ihren Kreuzfahrt-Urlaub vom Mund abspare. Inzwische gibt's auch bei uns widder Suppeküche und so was wie Tafelläde für Bedürftige mit Ausweis vom Amt. In meiner Straß isch so ein Tafellade. Ich glaub, von der AWO. Wenn ich meine Geranie gieß, kann ich rübergucke. Morgens schon lange Warteschlange. Aber net nur Penner un Obdachlose. Früher war in dem Flachbau ein Reisebüro. Jetzt stehe Leut in der Schlang, die damals noch drei Woche Spanienurlaub gebucht habe. Als Hartz-Vierer sin die heut froh, wenn se noch eine verschrumpelte Paprika aus Spanien ergattere könne. Oder en verwelkte Kopfsalat aus Holland. Oder Koserve am Verfallsdatum oder drüber. Für manche isch des Schlaraffeland vorbei.

Mit dem Schweizer Spendengeld könnte mer endlich unsere historische Zehntscheuer zu einem Kulturzentrum ausbaue, bevor des Gemäuer ganz verfallt. Dass mer nimme alles in der Mehrzweckhall mache müsse. In Frankreich, im Elsass drübe, haißt Mehrzweckhall »Salle polyvalente«. Französisch klingt alles schöner. Aber die Dinger sehe genauso aus. Betonklötz, in dene mer notfalls alles mache kann. Im Grund nur gut für Sportevents. Training oder Wettkämpf.

Aber net für des klassische Klavierkonzert anlässlich unserer Musiktage. Chopin im Elfmeterkreis unnerm Basketballnetz. Des passt net! Der Blumenschmuck reißt des atmosphärisch net raus. Der wirkt doch wie vorübergehend abg'stellt. Des Neonlicht lasst sich net runnerdrehe, nicht dimmen. Nur stelleweis ganz ausschalte. Es wird dann net dunkler im Saal, bloß gleichmäßig trüb. Fahl irgendwie. Im Fernsehe hab ich mol einen Dokumentarfilm über das Leichenschauhaus in New York g'sehe. So ein Licht. Wie bei'me Landestreffe der Bestatter. Einer Tagung der Pietätsbranche.

Vergangenes Jahr isch was Peinliches passiert. Die Fußballer vom TSV habe für ihre alljährliche Theateraufführung geprobt. Wie immer ein Schwank in drei Akten aus dem bäuerlichen Milieu. »Der Erbschleicher«. Sie wollte die Bühnendekoration wege dem Preisträgerkonzert für junge Pianisten net extra abbaue. Deshalb habe die ihr Dekoration provisorisch an Klebebänder mit schwarze Stoffbahne verhängt. Des hat sogar gut ausg'sehe. Ein elfjähriges Chinesebüble, ein Wunderkind, hat ein Stück von Rachmaninow g'spielt. Unglaublich! Ohne Note! Alle habe andächtig staunend zug'hört. Mittedrin, wie auf Kommando, falle die Stofftücher runner. Alle. Domino-Effekt. Des Klebeband hat net g'halte. Plötzlich sitzt des Büble am Flügel in einer g'mütliche Bauerestub mit Kachelofe, Eckbank un Herrgottswinkel. Der Kerl hat nur kurz de Fade verlore, dann konzentriert weiterg'spielt. Standing Ovations am Schluss. Blöd nur, dass der SWR an der Stelle einen Mitschnitt g'macht hat. Im ganze Sendegebiet habe se bei der Abendschau über uns g'lacht.

Alles strömt Richtung Mehrzweckhall, staut sich im Foyer. Wege einer viertausend Kilometer entfernte Suppeküch, die sich niemand so richtig vorstelle kann. Gedrängel um runde Stehtischle. Im Ausschank Sekt mit Orangesaft oder pur, Bier. Wein von der Winzergenossenschaft. Zum Esse Schmalzbrot, Blätterteighörnle mit Käs un Schinke drin, gestiftet vom Hausfrauebund.

Der »Freundeskreis Worischolowskoje« schenkt Wodka aus. Die Fraue habe Piroggen gebacke. In'me große Topf blummert ein russischer Eintopf. Es riecht nach Kohl. Über dem Stand hängt ein Schild. Ich les »Borschtsch« ... Wer soll des Gezische am Wortend ausspreche? Ich probier's halblaut. Borscht-sch. Beim »t« abbremse, dann hinnerher des zwaite »sch«. Borsch-t-sch. Schwierig. Die Frau Enderle vom Freundeskreis rührt im Topf. Sie sagt mir durch den Dampf, die Russesupp sei noch net fertig. Die sei für d'Paus. Des isch die Lösung. Russesupp sagt sich leichter als Borschtsch.

Einlass 19 Uhr 30. Beginn 20 Uhr. Noch Zeit. Ich will sowieso hinne sitze, dass ich jederzeit diskret verschwinde kann. Ich steh drauße im Eingangsbereich bei de Raucher. An dem große Standaschebecher mit Sand g'füllt. Drahtgitter drüber. Viel Huschterei, bei manche mit Auswurf. Aber lockere Stimmung. Mit'me Glas Auxerrois, bei uns sage d'Leut Oxerohr, hör ich zu, was se schwätze.

- Also, langsam müsst doch des Suppeküchle fertig sei! Im Blättle immer noch Bilder vom Rohbau.
- Horch, mir habe unser Clubhaus in drei Monat hochgezoge! Alles in Eigenarbeit! Aber mit einer richtige Küch! Net nur für Supp!
- Wer waiß, wo des Geld nei'schlupft? Du sieh'sch kaine Rechnunge für Material. Kain g'scheite Bauplan. Nix!

– Wenn'd recht guck'sch, baue die mit unserm Geld was ganz anneres.
– Aber unsere hocke doch öfter drübe. Die vom Freundeskreis. Die Delegation vom Rathaus. Stadträt. Unser Schultes. Die müsste doch wisse, was dort passiert.
– Die? Ha'sch du mol g'sehe, wie die aussehe, wenn se z'rückkomme? Des isch immer eine mords Sauferei!
– Genau! Laufend Trinksprüch, hat mir der Stadtrat Büchele neulich verzählt. Dauernd springt ainer hoch, schreit »Druschba!«. Freundschaft! Weg mit dem Wasserglas Wodka. Uff ex!
– Die Russe vertrage die harte Sache. Die sin des g'wöhnt.
– Der Büchele hätt des Zeug haimlich in en Blumekübel gekippt, sagt er. Also der Schelski isch e arme Sau! Als Dolmetscher muss der jetzt jedes Mol mit. Der trinkt doch nix.
– Selber schuld! Hätt er sich net als Dolmetscher empfohle. Aus Wichtigtuerei! Nur weil er in der alte DDR als Schüler e paar Brocke Russisch g'lernt hat.
– Viel kann des net sei! Bis der was übersetzt hat, des dauert ewig. Und nachher weiß niemand, um was es geht. Der stiftet nur Verwirrung.
– Ich glaub, der übersetzt Sache, die niemand g'sagt hat! – Net so laut. Dort kommt er grad.
– Als Taxi-Unternehmer hol ich die Delegation immer vom Flughafe Frankfurt ab. Die Gemainde zahlt nur de Sprit.
– Immerhin. Des mu'sch auch als Werbung seh. Was steht uff deine Autotüre? »Zum Ziel ohne Stress – Taxi Hess«.
– Ohne Stress? Hör uff! Des isch jedes Mol ein Krankentransport. Die hänge in mei'm Zubringer-Busle rum wie Zombies! Bei einer Alkoholkontroll wär ich de Führerschein los. Nur vom Drinhocke!

- Übertreib net, Erich! So schlimm wird's net sei.
- Dann fahr halt mol mit! – Isch der Schelski fort?
- Ja, der isch schon drin. Falls er gebraucht wird.
- Den habe se beim letschte Mol im Rot-Kreuz-Griff zum Busle trage müsse.
- Was? Den? Ich denk, der trinkt kain Alkohol!
- Normal net. Aber dort schon. Aus Verzweiflung. Weil er maint, er müsst als Dolmetscher bis zum Schluss debeihocke. Wenn er nur noch stört.
- Ihre Fraue nemme se nimme mit, die Schlawiner, gell?
- Die bleibe von sich aus dehaim. Was solle die dort? Saufgelage ohne Damenprogramm!
- Wer waiß, was die dort treibe? »Wenn es Nacht wird in Worischolowskoje ...«
- Jo, g'schwätzt wird viel! Beim erschte Spatestich von der Suppeküch war doch die Komarek-Schönleber mit ihrem Mann dabei.
- Aber seither nimme! Ihr Mann derf scheint's a nimme mit. Merk'sch was?
- Des isch mir wurscht, von was die nach Russland immer so g'schafft in mei'm Shuttle-Bus rumhänge. Die sehe jedenfalls aus, als hätte se alles Mögliche g'macht. Nur kai Suppeküch besichtigt.
- Ich bin aigentlich nur wege dem Balaleika-Ensemble komme. Guck mol im Programm. Wann sin die dra?
- Am Schluss. Wie immer. Als Highlight.
- Leut, austrinke! Ich glaub, s'geht nei!

Ich lass mir Zeit, rauch mei Zigarett fertig. Bis alle drin sin, des dauert. Wenn der Rudi, der Hausmaischter, merkt, dass d'Leut ungeduldig drängle oder maule, geht's noch länger. Dann macht er extra nur die hinnere von dene drei Saaltüre uff. So kann er zudem besser kontrolliere, ob jemand unerlaubterweis sei Getränk mitnemme will. Er guckt ganz genau in Schenkelhöhe nach Gläser. An der Türschwelle spielt er mit'm Schlüsselbund, den Insignien seiner Hausmacht. Im Amtsblatt war die Stell als »Facility Manager« ausg'schriebe. So genau hat er net g'wüsst, was die suche. Aber handwerkliche Fähigkeiten ware verlangt. Und die Bereitschaft, auch an Wochenenden zu arbeiten. Als früherer Maurer und lediger Frührentner hat er sich beworbe. Des war vor Jahren. En bessere Mann hätte die für den Job net kriege könne. Mer muss allerdings wisse, wie mer mit ihm umzugehe hat. Er will wichtig sei. In der Mehrzweckhall isch er der Chef. Des G'fühl muss mer ihm vermittle. Dann macht er alles möglich. Wenn ihm jemand blöd kommt, stellt er auf stur. Verlängerungskabel? Mehrfachsteckdos? Hat er net!

Des Balaleika-Ensemble aus Worischolowskoje hab ich schon am Freitag g'hört. Im Schaugarte von der Landschaftsgärtnerei Breisacher. Ganz exklusiv. Nur Geschäftspartner, Großkunden und enge Freunde ware zu dem Privatevent ei'glade. Ich als Schulkamerad vom Breisacher Willi. Der Betrieb floriert. Viele öffentliche Aufträg. Die Begrünung von Lärmschutz-Wällen, die gärtnerische Gestaltung von Inseln im Kreisverkehr. Dazu jede Menge gut betuchte Privatkundschaft, die ihm bei der Verwirklichung seiner Ideen freie Hand lasse. Die gehe oft ins Künstlerische, in Richtung Land-Art. Für ihn schafft ein alter Naturstein-Maurer aus Sizilien. Er beschäftigt zeitweis einen Kettesäge-Künschtler, der aus Baumstämm totemähnliche Fabelwese, afrikanische Dämonen raussägt. Er legt Teiche an, Feucht-Biotope mit einem Schilfgürtel. Abschüssiges Gartengelände nützt er für leise plätschernde Wasserläuf in Sandstein-Fassung.

Die vier Musiker aus Russland hat er bei sich einquartiert. Zwar net im Wohnhaus, wo mit zwölf Zimmer Platz genüg wär. Seine Doris wollte des net wege der Privatsphäre. Aber hinner dem große Gewächshaus stehe mehrere komfortabel eingerichtete Wohncontainer für die polnische Saisonarbeiter. Die ware grad im Urlaub dehaim. Des sei doch besser, hat die Doris g'sagt. Dort seie die Männer unner sich, könnte sich frei bewege und sogar rauche. Frühstücke könnt mer dann z'amme in de Küch. Sie hätt extra Kaviar besorgt.

Mit dem Konzertauftritt wollte sich die Musiker für die Gastfreundschaft bei Breisachers bedanke. Des Konzert war wirklich ein besonderes Erlebnis. Auf Anweisung vom Willi habe sich die Musiker uff des Holzbrückle über dem Koi-Teich g'stellt. Im Hinnergrund hänge die Zweige von einer knorzige alte Trauerweide ins Wasser. Durchs Blattwerk glitzert des späte Sonnelicht. Eine wunderschöne Naturbühne. Atmosphärisch mit der Mehrzweckhall net zu vergleiche. Des kommt dort net so rüber.

Mit mächtige Bass- und Baritonstimme habe die junge Männer aus Worischolowskoje schwermütige, sehnsuchtsvolle Lieder zur Balaleika g'sunge. Den Text hat niemand verstehe müsse. Die russische Seele hat sich auf die deutsche übertrage. Die Stimmung hat alle ergriffe. Feuchte Auge von mühsam unnerdrückter Rührung im Publikum. Sogar die als geizig verschriene Fabrikantenwitwe Kübler hat g'schluchzt, sie wollt dem Freundeskreis beitrete. Sie hat ihr Sponsoring in Aussicht g'stellt. Klar, des vergesst die widder, sobald ihre momentane Ergriffenheit nachlasst. Trotzdem, sich bei der nur in die Näh vom Geldbeutel durchzusinge, des will was haiße!

Die vier Musikante uff dem Koi-Teichbrückle sin mir zeitweilig so was von fremd vorkomme. Junge hagere Bursche mit blasse G'sichter. Grobknochige G'stalte in abgetragene Anzüg, bissl altmodisch im Schnitt. An manche Stelle sorgfältig g'flickt. Eine zerschlissene Eleganz. Ich hab an mei Mutter denke müsse. Die war Schuhverkäuferin. Sie hat oft g'sagt: Wenn du wisse will'sch, wie's einem Mensch wirklich geht, dann guck uff sei Schuhwerk. Des ware schwarze Lackschuh, die lang halte müsse. Schuhspanner-gepflegt, aber mit Risse im Oberleder und schiefe Absätz. Konzertauftritts-Schuh von Musiker aus einer entlegene russische Suppeküchegegend.

Bei dene Gäscht war der Schmerbeck, Seniorchef einer Großmetzgerei mit mehrere Filiale. Inzwische mit Party-Service und Event-Catering. Des Wurscht-Imperium führt schon lang die Enkelgeneration. Ab un zu schwätzt er noch nei, aber es hört ihm niemand mehr zu. Wenn die ihm mit Altenheim oder Seniorenstift komme, kriegt er einen Tobsuchtsanfall, droht mit sei'm Stock, den er angeblich nur sicherheitshalber braucht. Er wohnt mit einer frühere Kundin, mit der er schon zu Lebzeite seiner Frau ein Verhältnis g'habt hat, im Stammhaus der Familie. Eine Gründerzeit-Villa in vornehmer Hanglage, die er in de Sechzigerjahre samt großem Grundstück gekauft hat. Nach dem Tod von seiner Lisbeth – es sei für die Frau eine Erlösung g'wese, sage d'Leut – war diese Johanna nach kurzer Trauerzeit bei ihm ei'gezoge. Die Kinder ware froh, dass de Vadder jemand hat, der ihm kocht un den Haushalt macht, ihn notfalls pflegt. Um den parkähnliche Garte mit altem Baumbestand kümmert sich seit Jahren die Firma Breisacher. Ein lukrativer Dauerauftrag.

Der Siegfried Schmerbeck war mehr gewöhnungs- als pflegebedürftig.

Er war zwar schwerhörig, beinah taub. Aber sonscht? Mit über 90 war der vom Alter kaum gebeugt. Ein zäher Herrenmensch. Wie aus Leder. Als junger Soldat war er beim Russlandfeldzug. Stalingrad. Dann Gefangenschaft. Holzfälle im Kaukasus. 49 kommt er als Spätheimkehrer zurück. Er war lang Vorstand beim VdH, dem Verband der Heimkehrer. Außer ihm lebt nur noch einer. Der isch bettlägerig. Zur Gedenkfeier am Volkstrauertag kommt nur noch er zum Mahnmal im Friedhof. Im schwarze Zweireiher, die goldene Ehrennadel am Revers. Bei der feierlichen Kranzniederlegung lasst er sich ums Verrecke net helfe. Am Schluss spielt der Musikverein »Ich hatt einen Kameraden«. Er steht kerzegrad im Novemberrege, Händ an der Hosennaht.

Bei dem Konzert beim Breisacher hat der Schmerbeck für eine peinliche Szene g'sorgt. Er war von der Folklore aus Russland dermaße gepackt un aus'm Häusle, dass er vorne mit'm Stock dirigiert hat. Der Willi wollt ihn behutsam zurückhole. »Lass gut sei, Siegfried. Komm!« Aber der hat um sich g'schlage. Aus seiner Kitteltasch zieht er Geldscheine, zählt e Bündel ab. Die Musiker habe grad ein melancholisch getragenes Lied intoniert. Mittedrin wackelt der Schmerbeck vor zum Brückle. Er zaigt jedem Musiker kurz des Geldscheinbündel, bevor er's dem erschte in die Sakkotasch stopft. Mit der deutliche Handbewegung, des sei für alle. Dann hat er seinen Musikwunsch g'schrie: »Kalinka!« Die Musikante ware zuerscht irritiert, habe unner sich verhandelt. Sie habe Hilfe suchend zu ihre Gaschtgeber geguckt, zum Willi und der Doris. Die ziehe ratlose G'sichter, hebe d'Ärm un lasse se falle. Was solle se mache? Kopfschüttle beim Publikum. Bemerkung, der Schmerbeck sei jetzt halt doch e bissl verwirrt. Altersdemenz. Verkalkt.

Dann habe ihm die Musikante den Wunsch erfüllt. Sie habe »Kalinka« angestimmt. Erscht langsam, dann immer schneller. Schon bei de erschte Balaleika-Schläg hat der Schmerbeck sein Stock ins Gras g'schmisse. Mit baide Ärm hat er im Takt mitgezuckt. Er brüllt mir ins Ohr, dass es alle höre: »So isch er, der Iwan! Musik steckt dem im Blut! Kai Hemd am Arsch, aber d'Mundharmonika im Hosesack!« Die Kalinka-Stimmung hat alle mitg'risse. Des Lied hat sofort gezündet. Niemand kennt den Text, aber alle singe mit rothitzige Köpf mit. Uff Verdacht. »Kalinka-ma-ja.« So ähnlich halt. Frenetischer Beifall. Der Breisacher Willi hat kaum den Applaus un die Zugabe-Rufe übertöne könne. »Pause! Pause, Leut! Die Jungs aus Worischolowskoje komme doch nochmol!«, hat er vom Brückle verkündet. Die habe sich verbeugt, die Zigarette schon im Mund. Sie habe sich in Richtung Container zurückgezoge. Sichtlich erschöpft.

Ich hätt gern mit ihne was g'schwätzt. Aber die Sprachbarriere. Mit Englisch war nix zu mache. Der Schelski war als Dolmetscher net ei'glade. Vielleicht gut so. Der hätt die Verständigung nur verkompliziert. Besser, mer sagt nix und nickt freundlich.

In der Paus gibt's ein Fingerfood-Buffet vom Party-Metzger Schmerbeck. Eine herrliche Abendstimmung in dem Garte. Der Willi hat Wodka aus Worischolowskoje ausg'schenkt. Selbergebrennten aus 5-Liter-Plastikkanischter. In Wassergläser. Zünftig russisch, wie sich des bei dem Anlass g'hört. Die Fraue habe sich g'schüttelt, nach Luft g'schnappt. Nach etwa einer halbe Stund sin die Musikante mit ihre dreieckige Instrumente unner de Ärm widder zu dem Brückle marschiert.

Alles klatscht wie verrückt. Begeisterungspfiffe. Sprechchöre: »Kalinka, Kalinka, Kalinka-ma-ka!« Was hätte se mache solle? Jetzt schwappt die Stimmung über. Manche probiere nach Kosakenart zu tanze. Sie stütze sich mit einem Arm vom Bode ab, schlenkere d'Füß vor, falle uff de Buckel. Die sonscht so reservierte Frau Böhringer vom gleichnamige Autohaus verschränkt d'Ärm vor der Bruscht, hopft uff de Stell und ruft

»Kasa-tschok!«. Es hätt net viel g'fehlt, un sie hätte ihre ausgetrunkene Gläser über d'Schulter hinner sich g'schmisse. Nur die Vorsitzende vom Freundeskreis, die Frau Komarek-Schönleber, hat sich rausg'halte. »Das ist ja zum Fremdschämen«, hat se g'stöhnt.

Es war Vollmondnacht, als sich die Letschte lautstark verabschiedet habe. Sie habe sich bei Breisachers für den gelungene Obend bedankt. So was müsst mer unbedingt wiederhole. Beim nächschte Besuch aus »Woschilows-Worolows ...« Den Ortsname habe se mit'me Fingerstrich in d'Luft fertig gepfiffe. Manche habe zum wortlose Dank die Musiker umarmt, bevor sie in beschwingte Grüpple als Fahrgemeinschaften zu verschiedene Taxis g'stolpert sin. Diskussione mit dem Chauffeur, der schon länger g'wartet hat. Erklärunge, wann er wen wo absetze sollt. Wie mer's mit dem Bezahle macht. Nach hunnert Meter hab ich mich entschlosse, mein Fahrrad besser zu schiebe.

Hätt ich die Eintrittskart für die Benefizgala net im Vorverkauf beim Schreibware-Rössler gekauft, wär ich heut net komme. Zwölf Euro mit Rentnerermäßigung. Normal 16 Euro. Abendkasse generell 18 Euro. Aber die Atmosphäre bei dem Open-Air-Event bei Breisachers war in der Mehrzweckhall nicht zu toppen. Des war eine deutsch-russische Seelenverwandtschafts-Party. So habe des jedenfalls die Gäscht empfunde.

Dritter Gong. Ich setz mich ganz hinne vor die Sprossewand. Dort sin noch e paar Stühl frei. Es muffelt nach dem Fußschwaiß von unserer Judomannschaft, immerhin Bundesliga. Sie habe beim Pokalturnier ganz knapp verlore. Über den blaue, federnde Bode treibe in de Ecke noch Strohhälmle un Heubüschel von der Bezirks-Hasenausstellung mit Prämierung. Unsere Kleintierzüchter, die »Hasebocker«, schneide immer gut ab. Der

Enderle Eugen hat mit seine Belgische Rammler widder den erschte Preis g'holt. Die Geräte für de Schulsport habe se in en Neberaum g'schafft. Im Foyer unner de Trepp staple sich Biergarniture un Kartons mit blau-weißem Dekomaterial. Für des beliebte Oktoberfescht vom TSV im September. Die Lederhose un Dirndl aus China sin bei de Supermärkt schon ausverkauft, hab ich mir sage lasse. Es gäb momentan nur noch karierte Hemde un so spitzige Älplerhüt aus Filz.

Der Willi Breisacher hat sich eine echte Krachlederne von einer Manufaktur in Rottach-Egern gekauft. Stickerei, alles Handarbeit. Hirschleder. So 500 Euro müsst mer a'lege, hat er mir g'sagt. Aber so eine Lederhos sei eine Anschaffung fürs Lebe. Unverwüschtlich! Flecke? Fettspritzer vom Brathendl? En Schwapp Bier vom Maßkrug? Nur verreibe! Des gäb doch grad die zünftige Patina! Beim Konzert am Freitag habe die Breisachers ihre Gäscht in alpenländischer Tracht empfange. Die Doris im tief ausgeschnittene Dirndl! Des kann die trage. Ich hab weggucke müsse. Der Willi in der knielange Hirschlederhos mit verzierte Hoseträger über dem blüteweiße Hemd. Muskulös un braun gebrennt vom Schaffe in Gärte. Es war ein schönes, imposantes Paar. In der Paus hab ich ihm ein ehrliches Kompliment g'macht. Er hat das Brustschild von de Hoseträger hochgeboge. Des seie sogenannte Hirschgranteln. Echt, aus Horn. »Do merk'sch halt scho den Unnerschied zu dem billige Trachtefummel vom Aldi oder vom Edeka«, hat er g'sagt. »Die Chinese zahle dene Arbeiter Hungerlöhne. Dann verschaffe die noch die Häut von dene Viecher, die se vorher g'esse habe, als Lederhose nach Albstett! Ich will net in einer Lederhos von einem Dalmatiner rumlaufe!«

Die Breisachers sitze als Sponsoren ziemlich weit vorne. Die Bühne war liebevoll und beziehungsreich ausg'schmückt. Die

Firma Breisacher hat Birkebäumle in Töpf und Sonneblume zur Verfügung g'stellt. Passend zu Russland. Rechts un links die Wappe der Partnerstädte. Bei Worischolowskoje ein stilisiertes Ährenbündel mit einer Sichel, aber ohne Hammer, auf rotem Grund.

In der erschten Reihe habe die Offizielle Platz g'nomme. Die zwai äußere Stühl besetzt die Lokalpresse. Uff Klappstühl seitlich sitze Sanitäter vom Rote Kreuz und Uniformierte von der Freiwilligen Feuerwehr. Bei Veranstaltunge ab 100 Persone müsse die vor Ort sei. Vorschrift!

Falls was wär.

Es kann losgeh. Unser Schultes schließt den mittleren Sakkoknopf, geht zum Rednerpult. Er biegt sich des Mikrofon zurecht, klopft dra. Er begrüßt. Er betont den Wert der Städtepartnerschaft. Gerade jetzt, in politisch schwierigen Zeiten. Er dankt der mitgereisten Delegation aus Worischolowskoje für ihr Kommen. Vier Männer vorne stehe uff un verbeuge sich nach hinne. Er schließt mit dem Appell: »Setzen wir der momentanen Frostperiode zwischen unseren Ländern die menschliche Wärme unserer Freundschaft entgegen! In diesem Sinne ...« Beifall. Anerkennendes Geflüschter vor mir. »Also des muss mer ihm lasse. Schwätze kann er, unser OB!«

Die Komarek-Schönleber spricht für den Freundeskreis. Viel zu lang. Des Publikum scharrt mit de Füß. Manche gucke uff ihre Armbanduhre. Erscht verstohle, dann zunehmend offe. Sie klopfe sogar mit hochg'streckte Ärm uff's Uhreglas. Zwischenrufe. »Es langt! In der Kürze liegt die Würze, Frau Komatös-Schönleber!« Die Frau kapiert nix! Sie schildert nur leicht irritiert die Anfänge der Partnerschaft. Neues Konzeptblatt aus'me dicke Stapel. Sie lobt das ehrenamtliche Engagement auf beiden Seiten. Vereinzelt wird geklatscht. Des versteht sie falsch.

Sie bricht erscht ab unter tosendem Applaus, als sie niemand mehr versteht. »Jetzt wünsche ich uns allen einen vergnüglichen Abend!«, kann sie noch rufe. »Gott sei Dank!« Erleichterung beim Publikum.

Jetzt kommt noch ein Kulturfunktionär aus Worischolowskoje. Ein dicker Mann mit abstehendem Sakkoschlitz hinne schafft sich über des Bühnetrepple zum Rednerpult hoch. Seine Kreppsohle quietsche. Er hat e speckiges, rot verschwitztes G'sicht. Mit'me weiße Sacktuch reibt er sich die glänzige Schädelhaut trocke. Der Schelski vorne steht schon halb. Aber zum Glück wird er als Dolmetscher net gebraucht. Der Mann zieht en verknitterte Zettel aus de Kitteltasch un lest deutsch ab. Er bedankt sich mit hartem slawischem Akzent für die herzliche Aufnahme, die Gastfreundschaft. Grad lest er vor: »Ich mechte innen die Grisse aus ganze Worischolowskoje ieberbring-gen und gäbbe der Hoffnung Ausdruck ...« Weiter kommt er net.

In dem Moment geht die vordere Saaltür uff. Der Rudi wollt den Schmerbeck noch zurückhalte. Aber der fuchtelt ihn mit'm Stock beiseit. Die Johanna kommt hinnerher. Sie, gut zwanzig Jahr jünger, muss ihn chauffiere. In dem alte Metzger-Mercedes Diesel mit Anhängerkupplung. Ein Oldtimer inzwische. Aber er hängt an dem Auto. Seit er mol Gas- und Bremspedal verwechselt hat, Sachschaden 10 000 Euro, kriegt er den Führerschein nimme. Er hat lang prozessiert.

Sie gehe vor der Bühn vorbei. Dem Redner aus Russland hört jetzt niemand mehr zu. Der Schmerbeck schimpft lautstark rum, weil die vordere Plätz besetzt sin. Der Johanna isch die Situation peinlich. Ihm überhaupt net. Sie will ihn weiterziehe, weg vom Bühnerand. Er bleibt stehe, stecht mit'm Stock zu dene Stühl.

»Ich hab extra reserviert! Zwai Plätz vorne! Für Schmerbeck!«

»Komm, Siegfried! Lass doch! Des habe die halt vergesse. Kann vorkomme.«

»Ach was! Dann legt mer Zettel uff die Stühl!«

»Bitte, Siegfried, net so laut! Es hat schon a'gfange!«

»Was? Wer hat a'gfange? Ich vielleicht?«

»Schon gut! Auf, dann gehe mer halt widder!«

»Lass mich! Ich denk net dra! Jetzt sin mer do!«

»Aber die Balaleika-Spieler habe mer doch schon g'hört.«

»Hä? Wer stört?«

»Wir! Mir störe den Redner!«

»Hopp, ab durch de Mittelgang! Hinne isch noch Platz!«

»Aber dort hör'sch doch nix, Siegfried!«

»Ob ich des G'schwätz hör oder net! Die babble doch immer s'Gleiche! Do nei, auf!«

Brüllendes Gelächter im Saal. Alle verfolgen die Szene. Wie im Theater. Er schubst die Johanna vor sich her. Sie setze sich genau vor mich. Der Redner aus Worischolowskoje gibt keiner Hoffnung mehr Ausdruck. Er verbeugt sich verwirrt, stopft sein Zettel in d'Tasch. Er lächelt, zuckt mit de Schultere. Will ausdrücke, dass er nix versteht, mit dem außerplanmäßige Vorfall nix a'fange kann. Beim Abgang winkt er vom Trepple ins Publikum. Ein Ehepaar nützt des momentane Durchenanner. Sie zwänge sich durch en Spalt in der hinnere Saaltür, schleiche geduckt zu mir her. Ihn kenn ich von flüchtige Begegnunge in de Stadt. Jedes Mol verzählt er mir en Witz. »Kenne Sie den schon?« Dann legt er los, ohne mei Antwort abzuwarte. Ich hör zu, guck uff mei Uhr un lach am Schluss mit. Jetzt deutet er uff die Stühl nebe mir. »Noch frei?« Ich nick un guck widder vor. Der hat mir grad noch g'fehlt.

Der Rudi tragt mit'me Helfer des Rednerpult weg. Der Moderator kommt mit'm Funkmikrofon in de Hand. Im Ortsblättle hab ich g'lese: »Durch das Programm führt in bewährter Weise Charly, alias Karl-Heinz Enderle.« Hellblauer Smoking, gelbes Hemd mit roter Fliege. Die badische Farbe. Der Schmerbeck: »Was isch'n des für'n Wellesittich?« De Witzverzähler stumpt mich mit'm Elleboge, kommt näher mit'm Kopf. »Ich hab en Neue uff Lager. Kauft ein Pfarrer einen Papagei, der vorher im Puff war. Also net der Pfarrer, der Babegai ...« Ich wink ab. »Nachher! In de Paus.«

Der Conférencier federt vor zum Bühnerand. Er reißt den rechte Arm hoch, ruft: »Hallo Albstett! Geht's euch gut?« Dann streckt er des Mikro zum Publikum, wartet auf vielstimmige Antwort. Kein Echo aus'm Saal. Nur Zwischenrufe. »Lauter! Mir höre nix!« Er klöpfelt ans Mikrofon, puschtet nei, horcht. Der junge Mann am Mischpult im Mittelgang verschiebt seine Schieber. Plötzlich ein schrilles Pfeife. Alle hebe sich d'Ohre zu. Schmerzlaute. Sogar der Schmerbeck zieht de Kopf ei. »So war des in Stalingrad, Johanna! Mörsergranate vor dem Einschlag! Die Stalinorgel vom Iwan! Furchtbar!«

Der Charly leitet routiniert über. »Jetzt seid ihr alle wach! Das war eine sogenannte Rück-Koppulierung! Die Fraue hätte des bei uns Männer manchmol ganz gern!« Männer lache mit Verspätung. Fraue kichere früher. »Könnt ihr mich jetzt höre?« Aus der Saalmitte kommt: »Ja! Einwandfrei!« Vorne vor de Lautsprecher wird geklagt: »Geht des net e bissl leiser? Es isch arg laut!« Un der Schmerbeck ruft von hinne vor: »Lauter! Herrgottnochmol!«

Der Charly lasst sich net aus der Ruh bringe. Die Akustik sei halt in der Mehrzweckhall etwas schwierig. »Es hallt halt.« Dann klopft er noch e paar Sprüch. Verzählt Witze in Anekdote verpackt, die ihm grad kürzlich passiert seie. »Ehrlich! Neulich erlebt! Ich seh's an den Gesichtern! Das kennen Sie doch!«

Mein Nachbar brummt mir immer ins Ohr: »Asbach Uralt! So'n Spruchbeutel!« Er flüschtert mir vorweg die Pointe zu.

Der Charly kriegt endlich d'Kurv. »So, der Worte sind genug gewechselt. Jetzt was zum Gucke un Staune! Bitte begrüßen Sie mit einem kräftigen Applaus unser erstes Künstlerpaar! Bühne frei für ...« Ich hätt mich wegsetze solle! Zu spät! Ab jetzt bin ich dem laufende Kommentar von zwai Seite ausg'liefert.

Sir Magic & Lady Ursula

Den Trick kenn ich! Hunnertmol im Fernseh g'seh. Ich waiß, wie der des macht. Möchte mol wisse, wozu der die Frau debei hat. Handküssle schmeiße, Knicksle mache, des könnt'sch du a! Die hat der doch nur mitg'nomme, dass se net dehaim rumhockt!

Wie alt wird die sei, die Lady Ursula? Über 60 bestimmt! Oder eher 70. Die Zähn sin net echt! Implantate. Oder e Teilprothese. Des wär billiger. Wenn ich die wär, däd ich net so arg lache. Die hat sich lifte lasse, des sieh'sch. Des Starre im G'sicht. Do spannt alles. Und Zellulitis an de Oberschenkel. Wo die Netzstrümpf uffhöre. Aber wie! Mut hat die! So ging ich netmol ins Schwimmbad. Gut, dass mer des Opernglas mitg'nomme habe!

Jetzt zieht er so Seidetüchle aus'm Mund, guck! Meterweis. Ja, s'isch gut! Des langt! Die hat er doch im Ärmel. Mit dem Trick reißt mer niemand mehr vom Hocker.

Die Zeit für so normale Zauberer isch vorbei. D'Leut staune nimme so leicht. Las Vegas, wai'sch noch? Siegfried und Roy! Des war ein Erlebnis! Habe mir damals ein Dusel g'habt! Drei Woche später hat der weiße Tiger den aine g'fresse. Also net richtig. Aber berufsunfähig gebisse. Glück muss mer habe!

Ich waiß nimme, war des der Roy oder der Siegfried?

Die habe's net von dir, Siegfried! Was macht er denn jetzt? Ach Gott, er zieht Taube aus'm Zylinder! Die Standardnummer. Des mache doch alle. Drei, vier, fünf Taube. War's des?

Des hab ich früher mol g'seh. Im Fernsehe. Noch schwarz-weiß. Bunter Abend mit dem Peter Frankenfeld. Nur mit Hase. Aber net nur fünf. Hase bis zum Abwinke. Alle uff de Bühn rumg'hoppelt. Also die Taubenummer kann'sch heut nimme bringe.

Jesses, macht die Frau ein Theater! Bloß weil se die halblebige Viecher uff de Finger hopfe lasst un uff die Stang setzt. Des mache die doch von selber. Hauptsach, ihr Auftritt isch rum. Das Geflatter isch andressiert. Dass mer jo sieht, dass die echt sin. Es däd mich net wundere, wenn ... sag ich's net? Die Taub hat was falle lasse! Alles Absicht! Die were vorher g'füttert, dass se kacke könne. Was scheißt, lebt!

Sieh'sch, jetzt packt die Lady Ursula des Geflügel in en Käfig. Zum ganz normale Abtransport. Wenn der Sir Magic die Taube widder wegzaubere könnt, in den Zylinder, wär des zum Staune. Aber so?

Was gibt des jetzt? Der alte Kischtetrick! Wie graziös sie jetzt in den Kaschte steigt! Hoffentlich reiße die Straps net! Aber des sin halterlose Strümpf. Strumpfband mit roter Rose als Blickfang. Dass mer die Orangehaut besser sieht.

Jetzt lauft er rum. Lasst die Schwerter prüfe. Alle echt, klar. So, Deckel druff, abschließe. Die isch doch garnimme drin! Sonscht ginge die Schwerter net so leicht durch. Normal müsst der drücke, stochere, mit Kraft schaffe. Die Kischt isch präpariert. Die hat hinne e Klapp zum Rausschlupfe.

Da, bitte! Sie hopft quicklebendig raus! Wischt sich über d'Stirn. Als sei sie in Lebensg'fahr g'wese. Verarsche kann ich mich selber! Wenn ich den Diebold, die Großgosch, von der Gewerbeaufsicht in der Kischt hätt, ging der Trick zum erschte Mol schief!

Wie die jetzt mit de Hüfte wackelt, d'Ärm hochstreckt, sich verbeugt! Aha, sie deutet zu ihm. Als wollt se sage: »Mein Partner hat auch einen kleinen Applaus verdient!«

Ich glaub, sie sin fertig. Sie sammelt dic Schwerter un die annere Zauberutensilien ei.

Mer könnt grad maine, des Wegräume sei beim Zaubere des wichtigschte G'schäft.

Die arme Taube net vergesse! Die habe jetzt wahrscheinlich e längere Paus bis zum nächschte Auftritt.

Komm, klatsche mer! Des war doch in Ordnung für Albstett. Net vergesse, es geht um e gute Sach!

Albstett isch net Las Vegas! Also dass mir damals des Preisausschreibe g'wonne habe!

Was kommt jetzt? Guck mol ins Programmheftle!

Er hat's doch grad g'sagt, der Charly. Hätt'sch du dei Hörgerät net dehaim vergesse!

Enrico Molino – Jonglage

Sein Künschtlername. Des isch de Erich Müller aus Schlonsbach. Der war sogar mol im Fernsehe. Net lang. Dreißig Sekunde oder so. Aber immerhin. Normal isch er beim Finanzamt.

War des net im dritte Programm? »Expedition in die Heimat«?

Genau! Vor'm Finanzamt hat er mit vier Locher jongliert. Als der »etwas andere Beamte« hat's g'haiße. Der Auftritt isch ihm damals so in de Kopf g'stiege, dass er Plakätle un Autogrammkarte drucke g'lasst hat. »Bekannt von Funk und Fernsehen.«

Was macht denn der als Jongleur beim Funk? Am Radio sieh'sch doch nix!

Des wollte d'Leut a wisse. Er hat's geändert. Jetzt steht nur noch »vom Fernsehen« do.

Braucht der überhaupt so was? Des macht der doch so hobbymäßig nebeher. Der verdient doch beim Finanzamt net schlecht.

Darum geht's dem net. Der macht des schon so halbprofessionell. Auftritte bei Geburtstäg, Hochzeite, Betriebsfeiere ...

Kürzlich war er beim Jubiläum vom Autohaus Schnepf. Audi und VW. Der hat sogar für d'Kinner in der Hüpfburg jongliert! Alle Achtung! Bei dem wackliche Gummibode!

Sie müsse lauter schwätze. Er hört nimme so gut. Gell, Siegfried?

Was isch mit'm Siegfried? Horch, Johanna, bei dem Ortsspaziergang war doch unser Lade mol im Bild.

Bei welchem Ortsspaziergang?

Mit'm Fernsehe domols! Do ware doch unsere Urkunde von der Innung im Bild. Goldmedaille für Schwartemage. Bronze für unsere Lyoner.

Ja. Ich hab des Filmle auf Video uffg'nomme. Des könne mir bei Gelegenheit mol z'amme a'gucke.

Ruh jetzt do hinne! Der Mann braucht Konzentration!

Jesses, hat der en Ranze in dem Glitzertrikot! Die dünne Beinle in der Strumpfhos! Wie de Froschkönig! Die Rumhockerei im Amt.

Vier Keule. Des hat er ganz gut im Griff!

Was isch jetzt los? Wieso mache die des Saallicht aus? Aha, der probiert's mit brennende Stöck! Mit Fackle! Hoffentlich geht des gut! Net dass der uns die Mehrzweckhall abfackelt!

Ruhig bleibe. Mir sitze beim Ausgang. Un die von der Feuerwehr stehe parat.

Sieht toll aus jetzt! De Enrico im Feuerschein. Wie nur die Flamme hochwirble. – Achtung! Nur noch drei in de Luft! Jesses! Die Fackel verrollt! Der trockene Vorhang!

Bravo Rudi! Bravo! Der Kerl isch ai'fach uff zack! Ha'sch des g'seh? Kommt mit'me Wasseraimer g'rennt! Fackel nei! Aus!

Guck, der Enrico hat sich scheint's doch d'Pfote verbrennt. Er wedelt mit de Hand, blost.

Ah, die Sanitäter vom Rote Kreuz komme schon!

Hat er die Fackel am falsche End verwischt. Aber guck, er winkt ab! Er macht weiter! Bravo!

Herrgott, was isch des für'n Simpl do hinne? Ruh uff de billige Plätz!

Was gibt des? Aha, er balanciert uff'me Brett mit einer Walz drunner. Rudert mit de Ärm, bis er s'Gleichg'wicht hat.

Alleweil! Jetzt hat er's! Jesses, er stellt noch des Tablett mit Sektgläser uff de Kopf! Ob des gut geht?

Es isch wenigschtens net g'fährlich. Nix mit Feuer. Im schlimmste Fall sin nur die Gläser kaputt.

Ach was! Die Nummer hat er beim Autohaus Schnepf schon vorg'führt. Do passiert nix. Gleich dreht er des Tablett rum. Achtung!

Ach Gott! Die Gläser falle garnet runner! Feschtgeklebt!

Den Gag kann'sch halt nur ai'mol bringe!

Deshalb habe se ihm beim Fernseh die Nummer rausg'schnitte. Der Gag sei nimme überraschend. Der Erich war angeblich stocksauer.

Was wird denn der für so'n Auftritt verlange? Als Gage?

Gage? Horch, der isch doch froh, dass er vor so viel Publikum ufftrete kann! Der kriegt dreißig Zentimeter Verzehrbons! Bei Benefizveranstaltunge muss was rei'komme. Do braucht mer Verzehrbon-Künschtler! Getränke un Esse frei.

E paar Euro wird er schon noch verdiene. Benzingeld. Aufwandsentschädigung.

Nach Schlonsbach isch's en Katzesprung. Un Aufwand hat der praktisch net. Der schmeißt des Brett un des annere Zeug in de Kofferraum. Fertig ab!

Wollte die net mol den Toni Marschall als Zugpferd verpflichte?

Doch. Aber wie die von der Agentur die Gage erfahre habe, habe se sofort uffg'legt. Dabei hätt der nur sei »Schöne Maid« singe musse. Unbezahlbar für Benefiz.

Oh, es riecht schon e bissl nach der Borscht-sch-Supp!

Zisch mir doch net so ins Ohr! Was isch mit Worschtsupp?

Der russische Eintopf isch fertig! Kann'sch nachher probiere!

Von dem Zeug ess ich nix! Die habe des Flaisch bei der Metro gekauft. Unser Michael hat dene e gutes Angebot g'macht. Aber verschenke könne mer's net! – Was kommt jetzt?

Achim & Daisy. Ventriloquist

Was soll des sei? Ach Gott, so'n Bauchredner mit Handpüpple. Des isch e Ent oder so was. Gib mir mol des Opernglas.

Hör'sch du was, wenn des Püpple schwätzt? Ihn hört mer schon. Aber die Ent kaschpert nur uff seiner Hand rum un bewegt de Schnabel. So eine Nummer lebt vom Bauchrede. Normal schwätze kann jeder!

Also e bissl hört mer die Entepupp. Mit dei'm Hörgerät wär's besser. Kann ich mol Ihren Feldstecher kurz habe?

Des isch ein Opernglas. Hier, bitte. Net falle lasse!

Der zuckt deutlich mit de Lippe, wenn nur die Pupp schwätze soll. Bei einem Bauchredner, einem Profi, dürft mer im G'sicht absolut nix sehe, wenn des Püpple dra isch! Bei dem? Guck mol durch!

Dürft ich unser Opernglas widder habe?

Ja, glei! Die Daisy schimpft scheint's mit ihm. Der müsst jetzt nur zuhöre. Aber der guckt selber bös! Dem platzt schier de Kopf. So muss er rausdrücke, was die Ent sage soll! Des isch en Grenzfall von Bauchrede!

Herrgottsakrament! Gosch halte do hinne! Unverschämtheit! Mir habe Ei'tritt bezahlt! Mer versteht nix von de Bühn!

Was hat der? Maint der uns?

Mir müsse leiser schwätze. Vor allem du, Siegfried. – Net reagiere!

Horch, do vorne! Bei'me Bauchredner isch net wichtig, was er sagt, sondern wo er des sagt!

Sei doch still!

S'isch doch so! Was gibt's do zu verstehe? Soll der aus'm Bauch womöglich noch g'scheite Sache sage, wo er dort sowieso kaum was rauskriegt?

Des dääd mich int'ressiere, Hubert. Kann mer Bauchrede aigentlich lerne oder isch so was a'gebore?

Keine Ahnung. Eine Behinderung isch's jedenfalls net. Des isch sogar eine zusätzliche Fähigkeit. Die kann mer nutze oder net. Bei so einer langweilige Party kann der zur Unnerhaltung beitrage. »Achim, sei so gut! Schwätz mol was mit'm Bauch!« Des kann er mache, wenn er will. Des isch de Unnerschied. Er hat die Wahl.

Unnerschied zu was?

Stottere wär zum Beispiel ein echtes Handicap. Ein Stotterer kann halt net annerscht! Zu dem sagt niemand »Bitte, stotter doch mol was«. Oder »Ach, Sie könne sogar stottere!« Versteh'sch?

Schon klar. Aber wie funktioniert des bei'me Bauchredner genau?

Kenne Sie den, Herr Kannegießer? Sitzt en Stotterer im Beichtstuhl ...

Pscht! Später.

Aha, der Achim verbeugt sich mit seiner Daisy. Die sin scheint's fertig. Wird Zeit! Was kommt jetzt? Guck mol im Heftle!

Der Moderator sagt's doch grad. Kurze Umbaupause.

Was? Schon Paus?

Verdammtnochmol! Mir platzt jetzt glei de Krage mit dem G'schwätz!

Noch net! Nur zum Umbaue! Dann bringt der Gesangverein »Frohsinn« russische Volksweisen zu Gehör.

Was isch mit dem Gehör?

Nix! Hier, guck! Im Programm. »Melodien der Taiga«. Aber zur Überbrückung kommt vorher ein Clown! Do steht's!

Clown Tonnello

Was treibe denn die uff de Bühn? Der Rudi schiebt en Ziehbrunne aus Pappedeckl in d'Mitte. Russland-Atmosphäre. Also die gebe sich wirklich Müh!

Ich hab im Kaukasus kain Ziehbrunne g'seh. Wasser g'nug! Direkt nebe unserm Lager war en Wasserfall. Do habe mer uns ...

Guck doch! Die lasse hinne e Bühnebild runner. Taiga-Landschaft. Birke, Sonneblumefelder. Sogar en Baurehof mit Gäns im Vordergrund. So stell ich mir Worischolowskoje vor.

Jesses, der Kerl uff de Laiter! Ich kann net hie'gucke! Macht an dene Deckestrahler rum! Gelbes Licht! Wie Sonn!

Wenn der Frohsinn nur g'scheite Bariton- un Bass-Stimme hätt! Die könne doch des »Wolgalied« net singe!

Welches Wolgalied?

Kenn'sch des net? »Es steht ein Soldat am Wolgastrand, hält Wache für sein Vaterland ...«

Jetzt singt der a noch! Dem dreh ich de Hals rum! – Bleib sitze!

Aber was isch mit dem Tonnello? Der wär doch jetzt dra!

Dort! Der stolpert doch die ganze Zeit im Saal rum! Mit seine riesige Latsche. Guck doch! – Zack, jetzt hat's ihn g'legt!

Er rennt mit Anlauf des Bühnetrepple hoch. – Bauchlandung! Die Perück hat er verlore!

Des isch doch de Fassbender Clemens! Der war schon als Büble mit seiner Mutter bei uns in de Metzgerei. Hat domols scho den ganze Lade unnerhalte.

Wie? Was hat er denn getriebe?

Hat immer e Stück Wienerle kriegt. Des hat er hochg'schmisse, bis an die Deck! Mit'm Mund hat er's g'fange! D'Kundschaft hat geklatscht. Des hat dem Kerle natürlich g'falle.

Hat denn die Mutter nie was g'sagt? Mit ihm g'schimpft?

Ach was! Dem Bürschle ha'sch doch net bös sei könne! Des war sonscht e sonniges Kind. Hat immer g'lacht. Es war klar, dass aus dem Büble mol nix G'scheits wird!

Der hat später alles Mögliche a'gfange. Hat der net mol Regalbretter im Baumarkt g'sägt?

Ja. Aber ver-sägt! Dene Kunde hat er dann vorg'führt, was die zur Not noch draus mache könnte. Vogelhäusle. Oder Blumekäschte. Nach're Woch isch er rausg'floge!

Horch, du flieg'sch jetzt a glei raus! Des gibt's doch net! Was isch'n des für ein Proletepack do hinne?

Mir müsse leiser schwätze. Dort regt sich ainer uff!

Ich hab g'hört ...

Net so laut, Hubert!

Der war mol in einer Clownsschule in Paris. So was gibt's scheint's.

Guck, jetzt! – Mit de Händ im Hosesack rückwärts uff de Buckel plotze! Des hat er bei der Clown-Fortbildung in Paris g'lernt! Saublöd stolpere, aber glücklich falle!

Es muss immer schlimmer ausseh, als es isch!

Pauseclown isch en scheiß Job! Der isch nur im Programm, dass d'Leut net merke, dass grad im Programm nix lauft.

Wo isch er jetzt? Ach Gott, vor der erschten Reihe springt er rum! Er verabschiedet sich von de Großkopfete!

Mit Handschlag! Baidhändig! Der schüttelt die beinah aus de Anzüg!

Jesses, guck doch! Aus der Blum am Sakko spritzt en Wasserstrahl! Dene Männer ins G'sicht! Sieh'sch des?

Unser Schultes hat was abkriegt! Er wischt!

Guck, seiner Madam gibt er en Handkuss. Ganz galant. Die spritzt er net. Wege ihrem Make-up.

Von wege Handkuss! Er knutscht am Arm hoch bis zum Hals! Ach Gott, die wird steckesteif! Die geht doch sowieso zum Lache in de Keller!

Jetzt tobt aber de Saal!

Sitzebleibe! Mir wolle a was sehe do hinne!

Die Umbaupaus war s'Beschte im ganze Programm! Bravo Tonnello!

Herrgott, dem Kerl stopf ich jetzt s'Maul!

Aha, die vom Frohsinn komme uff d'Bühn.

Früher ware des doppelt so viele Sänger. Es fehlt an Nachwuchs. Wie in alle Veraine.

Sie müsste halt a mol was Modernes singe. Ihr Liedgut der neue Zeit anpasse! Net nur »Am Brunnen vor dem Tore«. Oder »Du, mein stilles Tal«. Des sagt dene Junge nix!

Mir g'falle unsere schöne alte Volkslieder. Die g'höre ai'fach zu unserer – wie sagt mer, Johanna?

Main'sch Leitkultur?

Genau! Mit dene Lieder sin mir uffg'wachse!

Aber die Junge net! Den Brunnen vor dem Tore gibt's nimme. Dort steht heut e Shell-Tankstell un en Supermarkt!

Zwai sogar! Der Rewe un der Pennymarkt.

Un von wege oh du mein stilles Tal! An der Ampel dort staut sich der Feierobendverkehr! So sieht des heut aus!

Sei's wie's will! Die alte Lieder sin immer noch schön! Die sin doch zeitlos. – »Waldeslu-hu-ust, oh wie einsam schlägt die Brust ...«

Leise, Siegfried!

Ich wer verrückt! Er singt widder! Grottefalsch a noch! Als hätt er Kopfhörer uff de Schlappohre. Dem dreh ich de Hals rum!

Waldeslust? Horch, unser Enkel isch zehn. Den Moritz krieg'sch du ohne sei Smartphone net in de Wald! Dort macht der mit seine Kumpels so eine elektronische Schnitzeljagd. Mit GPS. Wie haißt des Spiel, Gundula? – Komm'sch a net druff?

So, jetzt langt's mir mit dem Schwätzer do hinne! Den knöpf ich mir vor! Wenn sich des sonscht niemand getraut. – Lass mich, Sandra! Den schmeiß ich jetzt aigehändig raus!

Ich wollt die Umbaupaus nütze. Diskret verschwinde, bevor der G'sangverain loslegt. Ich bin schon bei der Tür. Über d'Schulter seh ich noch, wie in der Saalmitte ein baumlanger Kerl hochspringt. Zornrot im G'sicht. Mit große Schritt kommt er uff mich zu, obwohl ich doch kein Ton g'sagt hab. Der hat mich scheint's mit dene Schwätzer verwechselt. Zum Glück hab ich den Türgriff schon in de Hand. Uff halbem Weg bleibt er steh. Mit'm Zaigefinger fuchtelt er mir hinnerher. »Zieh Leine!«, brüllt er. »Lass dich im Saal nimme blicke! Sonscht ...« Ich schließ die Tür hinner mir, schnauf durch.

Der Borscht-sch isch fertig. Ich lass mir en Teller schöpfe, den ich an so'me Stehtischle löffel. Schmeckt net schlecht. Aber was Besonderes isch's net. Halt Eintopf mit Kraut. Des Flaisch isch zäh. Die durchgekaute Fetze schieb ich an de Tellerrand. Am Stand vom Freundeskreis kipp ich noch en Wodka. Ich will fort sei, bis die Leut in de Paus rauskomme.

Am Parkplatz komme mir die Musiker vom Balaleika-Ensemble entgege. Der Willi hat se im Landrover g'fahre. Sie sehe elend aus. Als hätte die seit Freitag durchg'macht. Um »Kalinka« komme die nachher net rum. Ich hör schon die Sprechchör.

Der Willi fahrt unsere Partnerstadt-Russe morge früh nach Frankfurt. Dann geht's im Flieger über Moskau nach Worischolowskoje. Wo die Suppeküch net fertig wird.

Dummschwätzer

Es gibt e paar Leut
in dem Städtle
die treff ich nur
wenn ich die
zu spät seh
um in Deckung zu geh

es klappt oft net
rechtzeitig abzutauche
die erspähe dich von weitem
mit ihre Adlerauge
net dass die was zu sage hätte
nur weil die dringend
jemand zum Schwätze brauche
der ihne zuhöre kann

die habe jede Menge Zeit
du komm'sch endlich
hinner der Plakatsäul vor
vorsichtig schrittlesweis
de Backe an der krumme Wand
grad nochmol Glück g'habt!
der Dummschwätzer isch vorbei!
plötzlich kommt er
von de annere Seit
mit drei große Schritt

er freut sich saumäßig
dass ihr euch getroffe habt
was will'sch mache
wenn er vor dir steht?
dann hör'sch halt weg
und freu'sch dich mit
so gut's geht

Sneakers

Mum, guck mol! Solche Schuh will ich! Genau die!

Was für Schuh? Wo?

Die Sneakers. Die wo der Neger dort a'hat!

Pscht! Des Wort sagt mer net! Des isch en Farbiger!

Wieso? Der isch doch überhaupt net farbig!

Des sagt mer halt so! Dass mer des annere Wort net sage muss.

Aber der Ne ...

Bi'sch jetzt still! Des Wort will ich nimme höre!

Der isch doch schwarz. Des isch doch kai Farb!

Schrei doch noch lauter! – Hör zu, in dei'm Farbekaschte gibt's doch e Töpfle mit Schwarz, oder net?

Doch, ja. Unne links.

Also bitte! Wenn Schwarz kai Farb wär, dann wär des net drin!

Aber zum farbig Male brauch ich des net. Nur manchmol. Für Regewolke. Für Nacht oder so.

Ja, s'isch gut jetzt!

Oder wenn ich – also den Mann male wollt. Dann müsst ich Schwarz nemme. Nur für seine Sneakers gelb und blau. Die g'falle mir!

Unser Haltestell! Aussteige, hopp! Mir schwätze drauße weiter.

Ha'sch des grad g'sehe?

Was? Was denn?

Der hat rausg'lacht! Der hat mir g'winkt! Der farbige Neger!

Herrschaftswelt! Nochmol: Neger darf mer net sage! Des isch ein schlimmes Schimpfwort!

Aber des main ich doch net so!

Woher soll der wisse, wie du des main'sch? Dein Vadder hat bei der Verhandlung neulich auch g'sagt, er hätt's net so g'maint!

Was für e Verhandlung?

Do war'sch du net debei. De Nachbar, der Herr Stracke, hat doch de Vadder verklagt. Wegen Beleidigung. Weil der zu ihm – des Schimpfwort will ich jetzt net wiederhole.

Des waiß ich doch! »Arschloch« hat er g'sagt! Weil der immer Stress macht wege der Grundstücksgrenz.

Jedenfalls hat er vor Gericht a g'sagt, er hätt des net so g'maint. Er hätt nur so rumgebruddelt. Mehr zu sich selber. Der Stracke hätt des aigentlich garnet höre solle.

Des habe die ihm net geglaubt, gell?

Natürlich net! Beim Rolf war niemand im Garte. Aber der Stracke hat mit acht Leut g'grillt. Die habe alle als Zeugen ausg'sagt, sie hätte des Schimpfwort deutlich g'hört.

Oh, Shit! Keine Chance!

Dann hat de Vadder noch was g'sagt, des hätt er net bringe dürfe.

Was? Was denn?

Des Wort Arschloch sei aus dem Zusammenhang g'risse. Im Saal hat alles g'lacht. Nur unser Anwalt net.

Also so luschtig find ich des aber net.

Ich damals a net. Bei der Urteilsverkündung hat der Richter wörtlich g'sagt: Das Schimpfwort »Arschloch« hängt in seiner drastischen Eindeutigkeit nicht vom Kontext ab.

Was isch des – Kontext?

Halt alles, was um des Wort rum noch g'sagt wird.

Mir hat der Papa verzählt, er bereut net, dass er dem Stracke endlich mol Arschloch ins G'sicht g'sagt hat. Des sei für ihn direkt eine Erleichterung g'wese.

So? Eine Erleichterung? Die gönnt er sich hoffentlich net so oft. Mir habe 1000 Euro bezahle müsse! Den Anwalt net mitg'rechnt!

Den hätt mer sich spare könne, hat er g'sagt. Den hätt mer de Hase füttere könne.

Blödsinn! Was soll denn der Mann mache, wenn ihn dein Vadder net zu Wort komme lasst?

Bleib mol steh. Ich will nur die Tasch in die annere Hand nemme.

Gib her, Max! Die isch zu schwer für dich. Trag du die Guck!

Net, lass! Ich schaff des schon!

Ganz Kavalier heut? Ausnahmsweis. – Was überleg'sch?

Gell, Neger isch net so e schlimmes Schimpfwort wie Arschloch.

Doch! Viel schlimmer! Aber des kann mer doch net vergleiche!

Warum net?

Pass uff! Beispiel: Dein Vadder sagt zum Stracke Arschloch. Warum? Weil er den persönlich kennt! Deshalb waiß er, dass der wirklich ein Arschloch isch! – Aber bitte, des sagt mer normal natürlich net!

Ich find's cool von mei'm Dad. Ich kann den a net leide. Du ha'sch selber mol g'sagt, der Stracke isch en Kotzbrocke.

Des kann sei. Aber net zu ihm!

Des wär dir zu teuer g'wese, gell?

Aber darum geht's doch jetzt net! Ich wollt dir den Unnerschied erkläre! Des isch wichtig!

Ja, ich hör doch zu!

Mit dem Wort Neger belaidigt mer Leut, die mer überhaupt net kennt! Nur wege ihrer Hautfarb. Weil die zufällig schwarz uff d'Welt komme sin.

In Afrika?

Möglicherweis. Irgendwo in Namibia, Somalia oder Negeri ... Quatsch ... Nigeria. Egal. Zufall. Kann'sch du was dafür, dass du weiß bi'sch?

Nö. Ich hab halt nur Glück g'habt.

Glück? Danke für das Stichwort, Max! Wenn sich Weiße für was Besseres halte un alle schwarze Mensche Neger nenne, dann isch des eine rassistische Beleidigung! Eine Herabwürdigung! Dann lieber zu diesem Stracke Arschloch sage! Kapiert?

Was? – Ja.

Des kann mol passiere im Zorn. Aber Rassismus isch eine ganze Einstellung! Was Schlimmes!

Ja.

Was isch los? Du bi'sch plötzlich so still! Warum sag'sch nix?

Waiß net. So halt.

Max, komm, du ha'sch doch was! Ich kenn dich doch!

Ich muss grad an den schwarze Mann, den Farbige in de Stadtbahn vorhin denke.

Der geht dir jetzt im Kopf rum? Gell, den sieh'sch du jetzt mit ganz annere Auge!

Kann ich dich was froge, Mum?

Klar! Ich freu mich doch, dass dich so ein Thema wie Rassismus int'ressiert! Dass es dich beschäftigt!

Kauf'sch du mir die Sneakers von dem farbige Neger? Genau die! Ich waiß, wo's die gibt!

Im Irrehaus

Wenn ich die Bilder seh
muss mer verrückt sei
um die Welt zu versteh?

des geht zu wie in'me Irrehaus
mit g'fährliche Patiente
Freigänger mit Kalaschnikow
Fanatiker am Schnellfeuerg'wehr
wo kriege die Kranke die Dinger her?
des kann doch nur bös ende

Märtyrer sprenge sich in d'Luft
explodiere per Knopfdruck ins Paradies
bissl abseits wär's grad egal
von mir aus dehaim in ihre Bette
aber net mittags uff'm volle Markt
die Arschlöcher nemme doch annere mit
die's mit dem Paradies
net so eilig g'habt hätte

die Fraue hätte ihre Körb
lieber zu ihre Familie haimgetrage
ihre Männer hätte sich g'freut
uff des gute Feierobend-Esse
statt sich in dem Paradies
mit blöde Jungfraue rumzuschlage
die net g'scheit koche könne

des Kainsmal uff de Stirn
wuchert nach inne als Hass ins Hirn
wie in jedem Krieg
die sehe d'Welt durch en Panzerschlitz
am Zielmonitor ein Trefferblitz
schwarzer Rauch – bingo!
die lasse Bombe falle mit Nägel drin
als wär's ein Taubeschiss
aus lebendige Städt wird Nekropolis
Wohnzimmer ohne Wänd
noch e Dreirädle steht irgendwo
umgekippt im Häuserschutt
staubige Straße mit leere Schuh

ein Skelett im Maßanzug
hält Kriegsverbrecher-Audienz
gibt ein Fernseh-Interview
ein Diktator braucht zum Regiere
absolute Friedhofsruh

wenn mer solche Bilder seht
wie verrückt müsst jemand sei
dass er die Welt versteht?

Schaufenschterbummel

Die Rumdapperei sonntags könnt mer sich spare in dem Städtle. Des isch wie ein Kontrollgang.

Kontrollgang? Wie main'sch denn des jetzt?

Ha ja. Im Grund kann'sch nur gucke, ob sich in dene Schaufenschter seit vergangener Woch was verändert hat. Ich seh nix.

Es isch doch nur, dass mer am Sonntag e bissl an de Luft war. Annere Leut sieht.

Also ich hab dehaim g'nug Luft g'habt. Un die Leut? Des sin doch a immer die gleiche.

Wer war des grad? Du ha'sch so freundlich gegrüßt.

Aus Versehe. Die hab ich zu spät g'seh. Freundlich sei isch nie en Fehler.

Kenn'sch du die überhaupt?

Ich waiß net. Vom Sehe vielleicht. Aber des langt mir.

An die müsst mer sich doch erinnere. Ein elegantes Paar! Sie im Pelzjäckle. Also Waschbär isch des net! Des isch was Edles. Getüpfelt. Könnt von einer Raubkatze sei. Ozelot womöglich.

Oder Hyäne. Schad um jedes Viechle, dem se s'Fell über d'Ohre ziehe, bloß dass so eine Kuh damit rumlaufe kann!

Jesses, heut bi'sch net gut druff!

Doch! Aber wenn ich so was seh!

Also tierlieb muss die schon irgendwie sei. Die tragt so e Zwergpudele uff'm Arm. Abricot. Sei Fell passt genau zu ihrem Pelzjäckle. Ton in Ton. Zufall?

Des isch doch mir wurscht! Bei mir müsst der Köter jedenfalls selber laufe oder dehaimbleibe! – Komm jetzt! Was bleib'sch denn steh un guck'sch dene Leut hinnerher?

Er im anthrazitfarbene Mantel. Cashmere-Wolle. Des seh ich am Glanz. Billig war der net!

Mir isch der net zu teuer! – Komm jetzt, auf!

Aber ich muss sage, eine imposante Erscheinung. Ein großer, stattlicher Mann! Ein richtiger Herr!

Ja. Von auße vielleicht!

Wie, von auße? Was soll denn des widder heiße?

Äußerlich groß und stattlich. Innerlich eher e bissl klein und gedrunge. Versteh'sch?

Ehrlich g'sagt, net so ganz.

Auße hui, inne pfui! Kapiert?

Ach so? Jetzt ja! Aber du kenn'sch den doch angeblich garnet.

Aber ich waiß, was der gern wär! Des sagt mehr über d'Leut aus.

Und? Was wär der gern?

Was Besseres! Die Frau genauso. Die bilde sich waiß Gott was ei! Also des sieht mer doch!

Ach, ich waiß net. Vielleicht bild'sch du dir des nur ei. Guck, jetzt ...

Komm, was bleib'sch denn jetzt steh?

Die gehe zum Juwelier-G'schäft. Die muss den net ziehe! Der geht freiwillig mit. Sogar voraus!

Mensch, jetzt dreh dich doch net nach dene rum! Guck bitte net so auffällig zurück! Wie sieht denn des aus?

Er flüschtert ihr scheint's was ins Ohr. Die gucke zu uns her.

Guck schnell weg! Herrgott, des war mir klar!

Was? Was war dir klar?

Dass die Frau jetzt wisse will, wer mir sin! Weil er uns gegrüßt hat. Dann glotzt mer gleichzeitig hinner sich her! Eine saublöde Situation! Auf, komm! Weiter!

Herrschaft, zerr doch net so an mir rum!

Die denke doch jetzt grad, sie wäre was Besonderes! Wie er jetzt seine Brillegläser so großartig an dem weiße Operette-Schal abwischt, der Lackaff! »Heut geh ich ins Maxim.« So in der Art.

Du, vielleicht dass er seiner Frau die Wünsche besser von de Auge ablese kann?

Gucke koscht nix! Die Preisschildle von dene bessere Klunker sin in dem Lade sowieso umgedreht. Die Brill hat er an'me Kettle um de Hals hänge.

Ja und? Warum net?

Des isch typisch! Ein Kulturschaffender! Bestimmt ein berühmter Regisseur! Beim Staatstheater. Oder beim Fernsehe. So kommt der sich vor!

Also was du in d'Leut alles nei'denk'sch!

Guck doch, wie er jetzt ...

Ich werd mich hüte! Nach deinem Rüffel grad. – Jetzt bleib'sch du selber steh un guck'sch!

Aus der Entfernung isch's egal ... Ich könnt genauso gut irgendwo in de Himmel gucke.

Au, es bewölkt sich! Ich glaub, do kommt was. Also ich will net noch nass were!

Ach was! Des zieht vorbei.

Es tröpfelt schon. Ich war doch grad beim Frisör!

Wie kann mer ausg'rechnet zum Frisör gehe, bevor's regn't?

So ein blödes G'schwätz! Wie soll ich des vorher wisse?

Im Fernsehe kommt der Wetterbericht! Die Vorhersage! Bevor mer en Haufe Geld beim Frisör lasst, sollt mer vielleicht ...

Du, ich händel doch jetzt net mit dir rum!

Guck, der Optikerlade vom »Brille Schmälzle« haißt jetzt »Eye Wear«. Es wird immer blöder mit dene Wörter!

Der Schmälzle hat verpachtet. Aus Altersgründen, hab ich g'hört. Un der Neue geht halt mit der Zeit. »Eye Wear Schmälzle« hätt blöd geklunge.

Hör doch uff! Dort! »Backshop«! Wo lebe mer denn? In Amerika?

An die neue Wörter g'wöhnt mer sich doch schnell.

Ich net! Hier, guck! Des Plakat hängt überall rum. Was soll denn des sei? »Spring Fever Night Shopping«.

Ja, des hab ich in de Zeitung g'lese.

Schreibe die noch deutsch? Um was geht des?

Des isch ein Event vom Stadtmarketing plus Gewerbeverein.

Was Event? Was passiert do?

Am kommende Freitag habe alle Geschäfte bis Mitternacht geöffnet. Überall Musik, Bewirtung.

Ja und? Von mir aus!

Du, do könnte mer doch ganz entspannt für dich en neue Anzug kaufe! Ich bräucht Schuh für de Übergang.

Um Mitternacht kauf ich nix! Spring Fever Shopping Night! Kauf du deine Schuh. Aber ohne mich!

Des isch doch nur ein griffiger Slogan fürs Plakat!

Griffig? Für mich net! Do denk ich an Leut, die nachts mit Fieber durch d'Gegend springe zum Zeug kaufe!

Du, dene Werbefritze hat vielleicht der Film »Saturday Night Fever« im Kopf rumg'spukt.

Den kenn ich net. Aber wie viel muss jemand getrunke habe, bis ihm so'n Spruch ei'fallt? – Spring Fever Shopping ...

Ja, jetzt krieg dich widder! Komm, mir gehe haimwärts.

Halt, mach mol langsam! Schon widder Pappedeckl vor'me Schaufenschter!

Wart! »Sale! 50 %. Wir ziehen um«. Wohin schreibe se net.

Kann ich dir sage. Haim in ihr Wohnung! »Wegen Geschäftsaufgabe« wollte se net schreibe.

Sag mol, der Lade hat sich aber net lang g'halte. Ich waiß garnimme, was der verkauft hat.

Verkaufe wollt! War schon bei der Eröffnung abzusehe, dass des zügig in Richtung Pappedeckl geht.

War des net so mediterrane Feinkost?

Ja, so was. Ich kann des Wort »mediterran« nimme höre!

Wieso denn?

Jeder Wirt, der drei Topfpalme in sein Biergarte stellt, macht Reklame mit dem mediterranen Ambiente.

Aber die Lebensmittel müsste doch geh! Die medi – also die Mittelmeerküche liegt doch im Trend. Gutes Oliveöl braucht mer immer.

Des krieg'sch heut in jedem Supermarkt. Extra vergine. Kalt gepresst. Sogar biologisch, wenn's sei muss. Nur billiger.

Aber vielleicht doch net in der Qualität wie in so'me klaine Lädle.

Ach was! Des wird doch heut alles übertriebe. Horch, ich war mol bei dem drin. Aus Neugier.

Des ha'sch mir garnet g'sagt.

Hab ich vergesse. Ich hab e Flasch Bio-Wein aus Spanien gekauft. Weiß. Zum Probiere. Zwölf Euro! Den Sauerampfer hab ich wegschütte müsse!

Dann muss er aber schon schlimm g'schmeckt habe!

Der hat garnet g'schmeckt! Nur sauer un g'sund. Schleimlösend. Gut gege de Durscht. Aber dann trink ich lieber Sprudel! Der zieht dir wenigschtens net alles z'amme.

Des sollt'sch überhaupt öfter mache.

Was?

Sprudel trinke! Viel Flüssigkeit. Wichtig für ältere Leut! Grad fürs Hirnstüble!

Herrgott, bring mich doch net draus! Von was hab ich's ebe g'habt?

Von dem Essigwein in dem Lädle.

Ah ja! Dann des Oliveöl! Also vom Preis her müsste die Olive bei Vollmond von toskanische Jungfraue handgepflückt sei! Mit de Füß im Holzbottich verstampft! Sehr extra vergine!

Was wird denn in den Lade jetzt nei'komme?

Vermutlich en Ein-Euro-Shop. Oder G'schenkartikel. Oder so'n kurzlebige Smoothie-Saftlade. Zeug, des kain Mensch braucht.

Dort, die Boutique »Babette«! Immer noch zugeklebt. Leerstand seit einem Jahr! »Zu vermieten«. Telefonnummer vom Maklerbüro.

Dass die Pleite g'macht hat, wundert mich net! Wer kauft denn so lumpige Fähnle für ein Schweinegeld?

Aber die hat sich lang g'halte. Die hat ihr Stammkundschaft g'habt!

Gut, so e paar Hühner gibt's immer! Aber von dene kann'sch net lebe.

Wie – Hühner? Wie main'sch des?

Dene Weiber isch's egal, dass die Klamotte für einen Hungerlohn in Indien herg'stellt were! Die schaffe beim Shopping des Geld von ihre Männer fort! – Was guck'sch jetzt so?

Du, diesen Mantel hab ich bei der Babette gekauft!

Was? Den Mantel do? Also von dir hätt ich des nicht erwartet!

Ausnahmsweise. Sonderangebot, stark reduziert. Aber von meinem Geld!

Ach so? Ja dann! Du, mit Hühner hab ich nur die Stammkundinne g'maint! Doch net dich!

Des will ich schwer hoffe!

Des Mäntele sieht übrigens schick aus! Steht dir! Des macht dich ...

Net weiterschwätze! Ganz g'fährlich! Lass grad!

Schon gut. Ich halt mei Gosch! Aber leg net alles auf die Goldwaage, was ich sag!

Also es stimmt schon ...

Ach, schön, dass du mir a mol Recht gib'sch!

Wieso? Ich wollt sage, es stimmt schon, was die im Blättle oft schreibe: »Die Innenstadt verödet!«

Des Blättle les ich quer im Stehe am Papierkorb.

Des gibt's immerhin umsonscht! Steckt gratis im Briefkaschte. Des isch net in jeder Gemeinde so!

Muss ich des lese, weil's nix koscht? – »Verödet«. So schlimm isch's a widder net!

Vielleicht kommt mir des nur heut so vor.

Kann sei. Hängt mit dem trübe Wetter z'amme. Mit deiner Stimmung.

Ich waiß net. Aber ich seh doch viele Pappedeckl vor Schaufenschter.

Was soll's? Dann komme mer mit dem Schaufenschterbummel schneller durch!

So kann mer's natürlich a sehe!

Wie viel Uhr isch'n?

Wart. – Vier Minute nach dreiviertel vier.

Was? Erscht? Was mache mer jetzt?

Schlag was vor! Vielleicht fallt dir was ei?

Also ich könnt was esse.

Zu früh. Die Küche im Lokal habe noch zu. Bis fünf.

Was habe mer denn dehaim?

Nix! Also so gut wie nix!

Des gibt's doch net! War'sch du am Samstag net ei'kaufe?

Nein! Du wollt'sch mich heut zum Esse ei'lade!

Wirklich? Hab ich des g'sagt? Des waiß ich garnimme.

Deshalb war ich extra beim Frisör!

Des hätt'sch doch net müsse! Aber gut, wenn ich des versproche hab. Des Esse lasst sich doch verschiebe!

Des lasst sich ebe net verschiebe!

Wai'sch was? Wir lasse uns Pizza vom Italiener komme! Dehaim isch's sowieso g'mütlicher. So was kann mer a mol esse.

A mol esse. Aber heut net! Ich ess heut net aus de Schachtel!

Um Gottswille! Was isch denn, Monika? Du bi'sch plötzlich so blass! Geht's dir net gut? Komm her!

Lass mich!

Sag mol, heul'sch du?

S'isch gut! Schon vorbei!

Nur weil ich die Essensei'ladung verschwitzt hab? Tut mir laid.

Net nur deshalb. Des wär net so wichtig g'wese.

Was denn dann? Du ha'sch doch was! Jetzt schwätz doch!

Heut auf den Tag genau haben wir vor ...

Jesses! Unser Hochzeitstag! Des hätt ich beinah vergesse!

Beinah?

Des wär mir bestimmt noch ei'gfalle!

Wann? Nachher beim Pizza esse vor'm Fernseher?

Herrgott, warum ha'sch denn nix g'sagt? Beim Frühstück oder so?

Ich wollt, dass des von dir kommt! Des Frühstück extra liebevoll gerichtet! Isch dir des net uffg'falle?

Doch. Schon irgendwie. Jetzt, wo du des sag'sch!

Sogar Kerze hab ich uff de Tisch g'stellt!

Ich hab mich g'wundert. Am helle Tag Kerzelicht. Aber warum net?

Warum, hätt'sch überlege solle!

Aber bei unserm Schaufenschterbummel vorhin hätt'sch mir doch wenigschtens was sage könne!

Des hab ich indirekt g'macht! Erinner'sch dich an dieses Paar vor dem Juwelier-G'schäft?

Ach so, ja! Dieses scheinvornehme G'spann!

Ich hab dir noch g'sagt, dass der sei Brill uffsetzt, um seiner Frau die Wünsche besser von de Auge ablese zu könne! Oder?

Des war für mich ironisch g'maint. Du trag'sch doch kaum Schmuck!

Darum geht's net! Des war ein Wink mit'm Zaunpfahl! Jetzt müsst doch de Grosche bei dir falle! Hochzeitstag! Aber nix!

Monika, verzeih mir bitte! Uff d'Knie falle? Um Vergebung bitte?

Mach kai Theater!

Und jetzt? Wie geht's weiter?

Den Tag ai'fach abhake.

Innere, Zi. 213

Entschuldigung, Schwester
hätte Sie für die Blume
vielleicht e Väsle
notfalls e altes Gurkegläsle?

im Flur in dem Schrank?
ich guck selber
vielen Dank!

klopf nochmol lauter
des hat er net g'hört
oder isch grad Visit?
net dass mer stört
lass mich mol mache!

ja Heinz
was mach'sch du für Sache?
also für frisch operiert
sieh'sch garnet schlecht aus
halt noch e bissl blass
gut verlaufe, die Operation?
Hauptsach, nimme auf Intensivstation!
noch den Schlauch im Bauch
des muss halt sei
dass des Zeug abfließt
von der Schnipfelei

Schwester, der Beutel isch voll!
könnte Sie mol gucke
ob mer den net leere soll?
wenn der überlauft
des wär e schöne Sauerei!

ha'sch noch arge Schmerze?
krieg'sch was dagege?
sin die Schwestere nett?
wie isch denn des Esse?
im Krankehaus kann'sch des vergesse
unner'm Plaschtikdeckel
schmeckt alles gleich
des G'müs isch immer verkocht
aus Trockeflocke Kartoffelbrei
Fertigsoße aus de Büchs
was isch los, Heinz?
warum sag'sch denn nix?

denk ai'fach dra
des geht alles vorbei!

sieh'sch, mir habe Traube dabei
Banane, Äpfel, viel Vitamin C
alles schon g'wasche
die kann'sch zwischedurch esse
ich leg des Obst uff dein Nachttisch
dann brauch'sch dich net strecke
hier, guck, noch drei Kiwi
weil die dir doch so schmecke

wieso guck'sch jetzt so bös?
ach Gott, ja ich seh's!
des Fläschle an dem G'stell
krieg'sch alles noch intravenös!
na ja, praktisch immerhin
brauch'sch wenigschtens net kaue
mit dei'm wacklige Gebiss
un es isch alles drin

Rolf, nemm du den Stuhl
ich setz mich uff's Bett
net schwätze wolle, Heinz!
gell, es fallt dir schwer?
lang bleibe mer net

du häng'sch so schief im Kisse
Herrgott, des kann ich net seh!
des Bett müsst doch zu verstelle geh!
gibt's net en Hebel irgendwo?
aha, ich hab's!
bi'sch jetzt verschrocke?
besser so?

Kopf hoch, altes Haus!
Unkraut vergeht net!
ha'sch doch immer g'sagt
bald wird widder g'wandert
du wie immer stramm voraus!
zur Triberg-Hütt in de Pfalz
ein Schoppe Riesling, en Schiefe Sack
aber nix intravenös!

mit G'schmack im Maul durch de Hals!
nach deiner Reha geht's aufwärts
wart's ab!

sieh's doch mol so, Heinz!
unner annere Umständ
also wär'sch du schon g'sund

könnt mer dich beinah beneide
junge Mädle aus de ganze Welt
hübsche Schwestere von überall her
scharwenzle um dein Bett
wie bei einer Casting-Show
so einen Service
hätt'sch dehaim net!
im Normalfall wär des wunderbar
du wär'sch de Hans im Glück!
aber ich waiß, schon klar
dir fehlt jetzt nur
für so was der Blick

lass ihn, Rolf!
er braucht jetzt sei Ruh
er isch halt noch schwach
sieh'sch des net?
dem falle laufend d'Auge zu
komm, gehe mer

gute Besserung, Heinz!
es war e kurzes B'süchle
aber wir komme widder

sobald mer könne!
ha'sch g'hört?

solle mer des Obst mitnemme?
es wär doch schad drum
er kann's eh net esse
ich pack's ei

ach, noch was, Heinz!
oder schlof'sch du schon?
des hätt ich beinah vergesse
die Traudl bringt dir frische Wäsch!
sie hat g'sagt, es könnt sei
sie käm heut noch vorbei!
und von Neumanns viele Grüß!

jetzt zieh die Tür leise zu
sag mol, was main'sch denn du?
also der Heinz g'fallt mir net
hoffentlich
kommt der widder uff d'Füß

Entschuldigung, Schwester
wo geht's zum Aufzug?
jetzt nix wie raus
aus dem Krankehaus!

Der Taubenbeobachter

Der kuriose Beruf des freien Wörtermachers erlaubt es mir, zur werktäglichen Unzeit, sagen wir, an einem beliebigen Vormittag gegen elf, scheinbar untätig, doch kontemplativ arbeitend, auf einer der vielen bewirtschafteten Flächen dieses Städtchens zu verweilen. Bei einem mild bewusstseinserweiternden Glas Pinot Blanc, das sich die Angestellten der gegenüberliegenden Sparkasse bis nach Feierabend verkneifen müssen. Terminlos, ohne die Last des Publikumsverkehrs, sitze ich gedankenförderlich ausgestreckt auf meiner süddeutschen Piazza, ein entspannter Beobachter der provinziellen Kleinereignisse. Es passiert angenehm wenig.

Langsamen Auges verfolge ich das Vorüberziehen der weißen Wolkenschiffe. Ich bewundere die Kunstflugvorführungen der luftgeborenen Schwalben, während mir das französische »les hirondelles« auf der Zunge zergeht. Ein schönes Wort für Schwalben. Die Laute modellieren den Flug. In präziser Keilformation, wie eine Düsenjägerstaffel der Red Arrows, jagen sie dem Rathausdach zu. Plötzlich, kurz vor den Ziegeln, lustvolle Zerstörung der Ordnung. Die Artisten stieben auseinander, schießen himmelblauweit in alle vier Winde. Demonstration der Schwerelosigkeit. »Heh, du plumper Erdenkerl dort unten bei den Tauben!«, höre ich sie höhnisch lachen. »Leiterkletterer! Erfinder kerosinsaufender Flugapparate! Der für einen halben Meter Erdentfernung unter dem Hintern eine Vorrichtung braucht. Sieh dir das an! Das ist Fliegen! Freiheit!« Die Schwalben sind mir lieb und fremd.

Wieder erdwärts der Blick. Frauenbeine, Einkaufstüten, an roten Halsbändern gezogene Zwergpudel, eiernde Buggyräder, das polierte Schuhwerk eiliger Business-People, Handy am Ohr. Inline-Skater überrollen meinen Sitzschatten. Dazwischen, kaum schreckhaft, den Bodenbetrieb gewohnt, die köpfchenruckelnde Fußgängerschar der städtischen Tauben. Sie trippeln über das Pflaster, ständig nach Fressbarem spähend, hier und da etwas aufpickend. Ein ziemlich menschliches Geflügel, das mit uns die Erde teilt. Über drei Ecken mit den Flughühnern verwandt, haben sie eine Vorliebe für den Landweg, nach Menschenart einen Fuß vor den anderen setzend.

Man fliegt nicht zum Spaß, sondern nur in dringenden Fällen. Um mit einem gelassenen Flügelschlag in letzter Sekunde einem Autoreifen zu entkommen. Um der mutwilligen Jagd durch aufstampfende Kindersandalen ein Ende zu machen. Oder wenn man zu Fuß keine Chance hätte, bei einer zu Boden gefallenen Tüte Pommes unter den Ersten zu sein. Dann startet man zu einem zielgenauen Kurzstreckenflug ohne Kapriolen in geringer Höhe, in giergetriebener Brieftaubengeschwindigkeit der Stufe Eilzustellung über den Platz.

Massenhafte Punktlandungen vor dem Imbissstand, wo man sich sofort den Leumund der Sanftmut ruiniert. Nicht durch körperliche Gewalt. Nein, das nicht. Als Taube ist man zu einem Minimum an Friedliebe verpflichtet. Zudem fehlt jegliche kriegerische Ausstattung. Das blutige Hacken, Hauen und Stechen ist Sache der Beutegreifer, der Habichte und Falken. Man verlegt sich auf das Delikt des schnellen Entwendens. Das hat bei aller Gier etwas Sportliches. Ein listiges und hundsgemeines Rugby mit Körpereinsatz, Abdrängen und Wegschnappen. Was im Schnabel klemmt, ist noch lange nicht im Kropf, muss hart verteidigt werden. Ein würdeloses Schauspiel. Erst wenn der letzte Frittenzentimeter mit Mayo im Siegerkropf verschwunden ist, vereinzelt sich das Geflatter. Ich fühle mich an die Menschenwelt erinnert. Bei Schlussverkäufen und Sonderangeboten bei Aldi geht es ähnlich zu.

Passanten wollen mich in Gespräche verwickeln. Ich versuche, einen abwesenden, nicht unfreundlichen, aber doch wenig geselligen Eindruck zu vermitteln. Die Bemerkungen der Vorübergehenden ähneln sich. Bisweilen schwingt ein leichter Neid mit. »So schön möchte ich's auch mal haben!« Oder: »Do kann mer's aushalte, gell!« Eine ältere Dame bleibt für einen Moment stehen, auf ihren Rollator gestützt. Mit Blick auf mein frühes Glas Wein sagt sie: »Des wird aber recht bis heut Obend!« Sie lächelt dabei, aber der mild tadelnde Unterton ist nicht zu überhören. Im Weitergehen zieht sie noch einmal die Rollatorbremsen, um mir über die Schulter mitzuteilen, ihr Mann sei übrigens ein starker Raucher gewesen und an dieser Sucht qualvoll zugrunde gegangen. Sie habe ihn bis zum Ende gepflegt. Halb vor Schreck und plötzlicher Einsicht, halb aus Höflichkeit und Pietät, drücke ich meine eben angerauchte Zigarette im Aschenbecher aus. Kaum ist die Dame um die Ecke in der Leopoldstraße verschwunden, beuge ich mich zum Nachbartisch, die ausgefranste Zigarette zwischen den Fingern. »Hätten Sie vielleicht Feuer?« Ein Mann im kanarienvogelgelben, hautengen Dress schnarrt zurück: »Nichtraucher!« Er hat sich in eine schwarze Radlerhose mit dick gepolstertem Zwickel gezwängt. Beim Rüberschielen sehe ich das vorgewölbte Gemächt, das mich an Landsknechte des späten Mittelalters denken lässt. Darunter muskulöse Waden mit Krampfadern. Sein Helm liegt auf dem Tisch neben einem großen Glas Mineralwasser, in dem eine Zitronenscheibe dümpelt. Er trinkt nicht des Geschmacks wegen, sondern um den Flüssigkeitsverlust auszugleichen. Wer weiß, wie viele Steigungen der nördlichen Schwarzwaldausläufer der heute schon selbstquälerisch und lustvoll bezwungen hat? Es ist ein Krankheitsbild, eine psychische Störung, sich selbst Qualen zuzufügen. Ich werde mich von diesem Nichtraucher nicht als Suchtmensch beschämen lassen! Sein Rad, besser gesagt, seine Rennmaschine, lehnt in seiner Reichweite an einem Baumstamm. Ein spindeldürres Aluminium-Gerippe, ohne alles, was für eine schnelle Fortbewegung durch zusätzliches Gewicht hinderlich wäre. Weder Schutzblech noch Gepäckträger. Keine fest montierte Beleuchtung, geschweige denn ein Fahrradständer, den man mit einer Fußdrehung vor dem Einkehren in Gartenwirtschaften rausklappen kann. Ich profitiere von der geografischen Lage am Rande der Rheinebene, im Rücken bergiges Gelände, vor mir topfebenes Flachland ohne nennenswerte Erhebungen. Das ist meine Richtung. Ich bin ein Westwärts-Radler mit einem weichen, gesäßmodellierten Sattel und einer Nabenschaltung. Wo meine fünf Gänge nicht reichen, schiebe ich. Der neben mir hat ein kleines Kästchen um die Brust geschnallt, über dem Herzen. Womöglich ein Sensor, der die Schlagfrequenz des geschundenen Organs zur laufenden Kontrolle auf die Digitalanzeige seiner speziellen Armbanduhr überträgt. Ich schüttle innerlich den Kopf. Der Mann ist für mich behandlungswürdig.

Glück gehabt! Ein stadtbekannter Vielschwätzer hat mich übersehen, was selten vorkommt. In der derben Sprache des hiesigen Dialekts nennt man Leute wie ihn »Dummschwätzer« oder noch drastischer »Scheißdreck-Babbler«. Sein Spitzname ist Lupo. Keine Ahnung, warum.

Meist erspäht er mich, bevor ich hinter einem Arkadenpfeiler in Deckung gehen kann. Sein Mitteilungsdrang an Belanglosigkeiten ist ebenso gefürchtet wie seine Unfähigkeit, jemandem zuzuhören. Bei seinem Anblick habe ich schon überraschende Haken in Geschäfte geschlagen, in denen ich nichts kaufen wollte. Um meine Anwesenheit in den jeweiligen Fluchtläden zu rechtfertigen, habe ich beim Metzger einen kleinen Becher Ochsenmaulsalat, in der Bäckerei einen halben Hefezopf oder sonstwas gekauft. Nur um zu lauern, bis er draußen vorbei war. Wenn man Pech hat, hat er einen durch die Glastüre entdeckt und wartet geduldig auf der Straße. Als alleinstehender Frührentner hat er Zeit.

Als ich ihn vom Marktplatz herkommen sah, habe ich mit tief gesenktem Kopf die mir bekannte Getränkekarte studiert. Dabei habe ich, um mich noch unsichtbarer zu machen, meine Schuhbändel aufgezogen und sorgfältig wieder gebunden. Es hätte mich vermutlich nicht gerettet. Ich war schon auf seine rhetorische Frage beim Zurückziehen des Stuhles gefasst: »S'isch doch erlaubt?« Da hätte er schon Platz genommen, um mich unvermittelt mit seinem Witz des Tages zu überfallen. »Horch, kenn'sch den? Kommt e Frau zum Arzt ...« Heute bleibt mir das gequälte Zuhören, das heuchlerische Mitlachen am Ende erspart. Vor dem Café gegenüber hat er ein anderes Opfer ausgemacht, dessen Höflichkeit er strapazieren kann.

Dieser Müßiggang der Tauben. Schlendern, trippeln, flanieren, zerstreute Richtungswechsel. Eine Futterpatrouille wackelt unter den Bistro-Tischen durch. Pickt en passant Tortenkrümel, Tiramisubrocken, Speckwürfel einer Quiche Lorraine. Mal was anderes. Sie äugen schräg nach oben, ob Nachschub abfällt. Fünf Schnäbel zerkleinern in gieriger Teamarbeit ein Brezelstück von des Reichen Tisch.

Es sind Lazarustauben. Von den 292 Arten die verbreitetste. Eine symbolgeadelte, nur etwas heruntergekommene Internationale der öffentlichen Plätze von Amsterdam bis Palermo mit

Hauptsitz San Marco in Venedig, wo man in der Haltung des Heiligen Geistes auf Touristenköpfen jeder Konfession posiert. Wozu ist man ein Sinnbild? Geschäft ist Geschäft. Im jahrtausendelangen Umgang mit dem Menschen hat die Würde ziemlich gelitten. Man hat sich angepasst.

Und dennoch, etwas Symbolhaftes ist ihnen geblieben. Die zahlreichen Verkörperungen halten sich hartnäckig, trotz Milbenbefall. Wem käme beim Anblick einer weißen Taube auf einem Fenstersims nicht unwillkürlich der zum Volkslied gewordene Schlager »La Paloma« in den Sinn? Vom Image schöner Schnulzen profitiert man lang. Im Aufflattern aus dem Straßenstaub verwandelt sich der Lazarusvogel für eine Sekunde, wie beim Kippen eines Vexierbildes, in Picassos Friedenstaube. Eine Utopie blitzt auf. Gedanken an wünschenswerte Zustände. Oder im flügelstillen Gleitflug glaubt man plötzlich, Noahs zweitentsandte Taube nach der Sintflut zu erkennen. Deutlich sichtbar, mit dem grünen Ölzweig im Schnabel. Gute Nachricht. Es wächst wieder was. Die Erde bleibt bis auf Weiteres bewohnbar. Love & Peace. Oliven, Brot, Salz und Wein. Alles runter von der Arche. Landgang.

Die allgegenwärtige Schnorrerbande der Spatzen hat es einfacher. Sie verkörpern nichts, sind keinem Sinnbild verpflichtet. Bar jeder Symbolik, müssen sie nur einer lapidaren Sprichwörtlichkeit gerecht werden. Der Ruf mangelnder Hygiene und ausgeprägter Frechheit ist eine leichte Bürde. Ein »Dreckspatz« hat nichts zu verlieren. Von den Tauben ist man aufgrund hoher Erwartungen enttäuscht. Ihre Gefräßigkeit passt nicht zu dem hehren Bild, das man von ihnen gern hätte. Sie werden als aufdringliche Schmarotzer wahrgenommen, bisweilen gar als die »Ratten der Lüfte« beschimpft. Den Spatzen dagegen nimmt man nichts übel. Die quirlig umherhüpfenden Federbällchen sind possierliche Mundräuber, rotzfreche Taktiker, die sich vorsichtig an die Beute heranpirschen. Sie sondieren die Lage von der gegenüberliegenden Stuhllehne aus, wägen das Risiko mit flinken Schrägblicken. Bleibt man absolut reglos nur kurze Zeit sitzen, hupfen sie mutig auf den Tisch, dann weiter bis zum Tellerrand, wenn es sein muss. Dort schlagen sie blitzschnell zu, um sofort von ihrer Lufthoheit Gebrauch zu machen.

Mit den Spatzen kann man sich auf amüsante Weise die Zeit vertreiben. Sie spielen mit und bleiben dennoch Vögel. Sie biedern sich nicht an, sie klauen lieber. Es sind sympathische Kleinstkriminelle. Bisweilen stelle ich sonntagmorgens fest, dass ich vergessen habe, Kaffee zu kaufen. Dann kleide ich mich notdürftig an und frühstücke im Freien vor dem Bistro. Nie ohne vom letzten Croissant eine Krümelspur von der Tischkante bis zu meinem Teller für die Spatzen zu streuen. Das bräunlich verbrannte Endstück lasse ich als Mutprobe in der Tellermitte zurück. Es kommt immer weg. Ein beherzter Zugriff, und schon flattert der Spatz mit seiner Nutzlast auf den nächsten Ast. Man ist versucht, Beifall zu klatschen.

Der mürbe Blätterteig zerbröselt leicht, splittert weg. Was dem Spatz von der listig erworbenen Beute aus dem Schnabel fällt – das ist oft mehr als die Hälfte – pickt das Taubenpack unten gierig auf. Das ist der Unterschied: Spatzen stibitzen trickreich, Tauben stopfen sich einfach kunstlos die Kröpfe voll, ohne dem Betrachter als Gegenwert vergnügliche Unterhaltung zu bieten. Schmarotzer, also doch.

Im gefiederten Flanierbetrieb auf Erdniveau bahnt sich ein wunderlicher Tanz an, ein amouröser Pas de deux. Eine fast weiße Taube mit der Figur eines zierlichen Tröpfchens trippelt aufgeregte Schlangenlinien, macht einen damenhaft belästigten Eindruck. Ein bis zum Zerplatzen aufgeplusterter Kavalier torkelt ihr liebestrunken hinterher. Wenn sich der Abstand vergrößert, holt er mit gravitätisch wiegenden Langschritten auf, stolziert neben ihr her mit geschwellter Heldenbrust, die in allen Regenbogenfarben schillert. Sämtliche Schwanzfedern hat er zu einer prächtigen Schleppe gespreizt, die auf breiter Spur sehr eindrucksvoll die Pflastersteine fegt. Elegant bis zur Gehbehinderung. Dabei gibt er unablässig einen monotonen Laut von sich. Kein sanftes Gurren. Eher ein bedrohliches, aggressives Gullern oder Grollen, das zunehmend übergriffig klingt. Der Beobachter nennt die beiden rein zufällig Karl-Heinz und Hannelore.

Das pflichtenlose Wohlleben befördert die Lüsternheit. Weder die Nagelleisten des Taubenabwehrsystems noch das hiesige Fütterungsverbot können daran etwas ändern. Was soll man als notgedrungen eingebürgerter Vogel den lieben langen Tag treiben? Außer vögeln.

Karl-Heinz nähert sich Hannelore in eindeutiger Weise. Sie schlägt einen überraschenden Haken, trippelt scheinbar genervt in eine Kreisbahn. Aber so leicht wird man Karl-Heinz nicht los. Was sein muss, muss sein. Er schneidet ihr den Weg ab, paradiert aufgepumpt und kropftief grollend durch ihr Blickfeld, prächtig geschwollen, alle Schmuckfedern gestellt. Karl-Heinz, der Unwiderstehliche. Ein Bild von einem Täuberich. Hannelore schaut nicht hin. Sie pickt gelangweilt hier und da Krümel aus den Pflasterritzen. Offenbar hat er genug von dem coolen Theater. Das hat er nicht nötig. Andere Taubenpaare haben auch schöne Töchter. Beleidigt klappt er seine Ausrüstung zusammen, schrumpft frustriert auf Normalgröße. Hannelore bleibt jetzt stehen, dreht sich im Kreis, sichtlich irritiert. Sie schüttelt ihr hübsches Federkleid. Sie vermisst seine Zudringlichkeit, was er mit Freuden registriert. Jetzt ist Karl-Heinz sofort wieder bei der Sache, als hätte er es geahnt. War sein plötzliches Desinteresse am Ende nur ein taktisches Manöver, um sie rumzukriegen? Es wäre ihm zuzutrauen. Er kennt sich aus mit den Weibern. Auf ein taubeninternes Signal der Paarungsbereitschaft, das mir entgangen sein muss, flattert er los, landet flügelschlagend auf ihrem Rücken. Endlich am Ziel. Jetzt!

Ausgerechnet in diesem Moment rollt ein brauner Kastenwagen vom United Parcel Service langsam vorbei, versperrt mir für ein paar Sekunden den Blick. Die Zeit muss den beiden gereicht haben. Als das Heck wegrollt, ordnen sie bereits ihre Garderobe. Hannelore pickt wieder Krümel aus den Pflasterfugen, als sei nichts gewesen. Karl-Heinz hat sich aus dem Staub gemacht. Nach kurzem Steigflug ist er auf dem Giebel des Rathauses gelandet. Mit Zwischenlandung auf dem steinernen Haupt der Göttin Justitia, die mit Schwert und Waage über dem spätbarocken Gebäude thront. Wenn ich auf die Entfernung richtig sehe, hat er eine weiße Kackschliere auf der Göttinnenstirn hinterlassen. Das war vorher nicht, da bin ich sicher. Auf dem Dachfirst, aufgereiht zwischen seinen Artgenossen, ist er als Übeltäter nicht mehr dingfest zu machen. Keine besonderen Kennzeichen. Einheitliches Taubengrau auf dem Dach, wo man gelegentlich die Plätze wechselt. Karl-Heinz verliere ich aus den Augen. Die Affäre mit Hannelore gerade eben dürfte er vergessen haben. Zu viele One-Day-Stands. Wenig Speicherplatz im Taubenhirn. Nichts verlinkt. »Glücklich ist, wer vergisst«, heißt es in einer Operette.

Der Voyeur im Taubenbeobachter bleibt enttäuscht zurück. Nach diesem aufwendigen Zeremoniell, mit dem Karl-Heinz um Hannelore geworben hatte, diesem gespreizten Stolzieren und brünftigen Kropfgullern, wäre mehr zu erwarten gewesen.

Wenigstens ein zünftiges Vögeln, das unseren Vulgärausdruck plausibel macht. Aber so was? Der Aufwand stand in keinem Verhältnis zum Resultat. Das war ein jäher Vollzug, eine Erledigung zwischendurch. Vielleicht mit dem Ergebnis der durchschnittlichen zwei Eier im Gelege, um die sich Karl-Heinz vermutlich nicht kümmert.

Vom Glockenspiel auf dem Rathausturm ertönt »Hoch auf dem gelben Wagen«. Etwas misstönig, elektronisch gesteuert, aber doch nach einigen Takten erkennbar. Ich denke an Joseph von Eichendorff, an seinen »Taugenichts«. Eine heitere Gelassenheit stellt sich bei mir ein. Eine Art nachdenkliches Wohlsein, das ich mit einem zweiten Glas Pinot verstärken werde.

Lena kellnert in ihren Semesterferien. Ich setze mich immer an einen der Tische in ihrem Servierbereich. Wenn sie mal einen freien Tag hat, bin ich enttäuscht. Wäre ich erheblich jünger, nicht jenseits von Gut und Böse, würde ich den Karl-Heinz für sie spielen. Das volle Programm. Wie früher. Sie hätte genau in mein Beuteschema gepasst. Sie ist etwas mollig, aber stets gut gelaunt und von einer herzwarmen Freundlichkeit. Das anstrengende Imponiergehabe kann ich mir sparen. Die Zeiten sind Gott sei Dank leider vorbei.

Als sie mit einem »Zum Wohl« den frischen Wein kredenzt, ziehe ich den Bauch ein wenig ein und lächle zurück. Das ist alles. Ein Rest von Eitelkeit. Ich hoffe, dass sie mir nachher, wenn ich gehen will, nicht wieder in mein Jackett hilft.

Ich überlege, ob ich meinen Arbeitstag nicht mit der Mittagspause beenden soll. Es ist ein anstrengendes Geschäft, die Tauben zu beobachten.